COLLECTION FOLIO

Colette

Dialogues
de bêtes

Préface
de Francis Jammes

Mercure de France

Le seul nom de Colette évoque un chatoiement d'images qui illustrent une façon de vivre, heureuse, innocente et sans conformisme. Son œuvre épanouie entre les deux guerres reflète un monde clos et préservé que n'atteint pas l'inquiétude de ces temps troublés.

Née en 1873 à Saint-Sauveur-en-Puisaye, dans l'Yonne, Colette garde de son enfance un accent inimitable et des souvenirs éblouis. A vingt ans elle épouse le boulevardier Willy, qui l'incite à écrire la série des *Claudine* où elle retrace sa vie d'écolière, de jeune fille et de jeune femme. Elle divorce en 1906, joue la pantomime au music-hall, et raconte cette expérience dans *L'Envers du music-hall*, *Mes apprentissages* et *L'Ingénue libertine*. Elle impose le nom de Colette avec *La Vagabonde* et se remarie, en 1912, avec le journaliste Henri de Jouvenel.

Colette poursuit son œuvre avec *Chéri*, *La Fin de Chéri*, *La Chatte*, *Duo*, *Julie de Carneilhan*, *Gigi*, *Le Blé en herbe*.

La vie sous tous ses aspects retient son attention passionnée : les humains avec leurs complications amoureuses; les animaux, comme dans ces *Dialogues de bêtes;* et aussi les plantes. Colette regarde, écoute et trace sur son célèbre papier bleu les mots savoureux qui font voir, entendre, sentir à la mesure de sa joie et de son émerveillement.

Colette fut reçue à l'Académie Goncourt en 1944; elle appartenait à l'Académie royale de Belgique depuis 1936.

Un troisième mariage, avec Maurice Goudeket, adoucit sa vieillesse condamnée à l'immobilité. Elle participe, de son fauteuil, à la vie littéraire et écrit encore deux ouvrages : *L'Étoile Vesper* et *Le Fanal bleu* avant de mourir en 1954.

Préface

Madame,

*Il semble parfois que l'on naisse. On regarde.
On distingue alors une chose dont le dessous des
pieds a l'air d'un as de pique. La chose dit :* oua-
oua. *Et c'est un chien. On regarde à nouveau.
L'as de pique devient un as de trèfle. La chose dit :*
pfffffff. *Et c'est un chat.*

*C'est là toute l'histoire du monde visible et, en
particulier, de Toby-Chien et de Kiki-la-Doucette
mes filleuls. Ils sont si* naturels *— j'emploie*
naturels *dans le sens applicable aux sauvages de
l'Océanie — que toutes leurs attitudes concourent
à une proposition très simple de l'existence. Ce
sont des animaux dans toute la force du terme, des*
animos, *si j'ose employer la vraie orthographe,
capables de s'écrier, comme ceux de Faust :*

Il ne connaît pas le pot,
Le pot à faire la soupe!
Vit-on jamais pareil sot?

*Donc, Madame, vous les avez situés où il fal-
lait qu'ils fussent : dans le paradis terrestre qu'est
l'appartement de M. Willy. Le caoutchouc et le
palmier probables de votre salon donnent, toutes
proportions gardées, l'impression de la violente
flore édénique, et expliquent par quel transfor-
misme leurs feuilles vont permettre à M. Gaston
Deschamps — critique d'un " Temps " plus
que passé — d'annoncer aux savanes (où il
tutoya Chateaubriand) et au Collège de France,
combien il peut aimer et comprendre un vrai poète.*

*Car vous êtes un vrai poète, et je veux affirmer
cela volontiers sans m'inquiéter davantage de la
légende dont les Parisiens ont coutume d'entourer
chaque célébrité. Ils n'admirent point tant Gau-
guin et Verlaine pour ce qu'ils ont fait de génial
que pour ce qu'ils eurent d'excentricité. De telle
manière que certains, qui ne connaissent point
le sentimentalisme sans nom, l'ordre, la pureté,
les mille vertus intérieures qui vous guident, s'obs-
tinent à répéter que vous portez les cheveux courts
et que Willy est chauve.*
*Il faut donc que moi, qui vis à Orthez, j'ap-
prenne au Tout-Paris qui vous êtes, et que je*

*vous présente à tous ceux qui vous connaissent,
moi qui ne vous ai jamais vue ?*

*Je dis donc que Mme Colette Willy n'eut
jamais les cheveux courts; qu'elle ne s'habille
point en homme; que son chat ne l'accompagne pas
au concert; que la chienne de son amie ne boit pas
dans un verre à pied. Il est inexact que Mme Colette Willy travaille dans une cage à écureuil et
qu'elle fasse du trapèze et des anneaux de telle
sorte qu'elle touche, du pied, sa nuque.*

Mme *Colette Willy* n'a jamais cessé d'être la
femme bourgeoise *par excellence qui, levée à
l'aube, donne de l'avoine au cheval, du maïs aux
poules, des choux aux lapins, du séneçon au serin,
des escargots aux canards, de l'eau de son aux
porcs. A huit heures, été comme hiver, elle pré-
pare le café au lait de sa bonne, et le sien. Il ne se
passe guère de journée où elle ne médite sur ce
livre admirable :*

LA MAISON RUSTIQUE
DES DAMES
par
Mme *Millet-Robinet.*

*Le rucher, le verger, le potager, l'étable, la
basse-cour, la serre n'ont plus de secrets pour
Mme Colette Willy. Elle a refusé, dit-on, de
livrer son secret pour la destruction des courti-
lières à* un grand homme d'État qui la
priait à genoux.

*M*ᵐᵉ *Colette Willy n'est rien d'autre qui ne soit pas ce que je viens d'écrire. Je sais que, pour l'avoir rencontrée dans le monde, certains s'obstinèrent à la compliquer. Pour un peu lui eussent-ils prêté les goûts des plus arriérés symbolistes. Et l'on sait combien déplaisantes furent ces robes de Muses, odieux ces bandeaux qui déversaient leur jaune sur des faces en coque d'œuf. Robes et bandeaux sont aujourd'hui relégués dans les tiroirs du Capitole de Toulouse, d'où l'on ne les tirera plus que pour hurler des alexandrins officiels en l'honneur de M. Gaston Deschamps, de Jaurès ou de Vercingétorix.*

*M*ᵐᵉ *Colette Willy se lève aujourd'hui sur le monde des Lettres comme la poétesse — enfin! — qui, du bout de sa bottine, envoie rouler du haut en bas du Parnasse toutes les muses fardées, laurées, cothurnées et lyrées qui, de Monselet à Renan soulevèrent les désirs des classes de seconde et de rhétorique. Elle est gentille ainsi, nous présentant son bull bringé et son chat avec autant d'assurance que Diane son lévrier ou qu'une Bacchante son tigre.*

Voyez sa joue en pomme, ses yeux en myosotis, sa lèvre en pétale de coquelicot et sa grâce de chèvrefeuille! Dites-moi si cette façon de s'appuyer à la verte barrière de son enclos, ou de s'étendre sous la tonnelle bourdonnante de grand Été, ne vaut pas la manière compassée que ce vieux magistrat de Vigny, cravaté à triple tour et roidi par

des sous-pieds, imposait à ses déesses ? Mme Colette Willy est une femme vivante, une femme
pour tout de bon, *qui a osé être naturelle et qui
ressemble beaucoup plus à une petite mariée villa-
geoise qu'à une littératrice perverse.*

*Lisez son livre, et vous verrez combien ce
que j'ai avancé* peut *être exact. Il a plu à
Mme Colette Willy de ramener à deux charmants
petits animaux tout l'arôme des jardins, toute
la fraîcheur des prairies, toute la chaleur de la
route départementale, tous les émois de l'homme…
Tous les émois… Car, à travers ce rire d'écolière
qui sonne dans la forêt, je vous dis que j'entends
sangloter une source. On ne se penche point vers
un caniche ou un matou sans qu'une sourde
angoisse ne vous feutre le cœur. On ressent, à se
comparer à eux, tout ce qui vous en sépare et tout
ce qui vous en approche.*

*Dans l'œil du chien règne la tristesse d'avoir,
dès les premiers jours de la Création, léché en
vain le fouet de son irréductible bourreau. Car
rien n'a attendri l'homme, ni la proie que lui
rapporte un épagneul affamé ni l'humble inno-
cence dont un labri veille sous les étoiles l'obscure
douceur des troupeaux.*
*Dans le regard du chat luit un tragique effroi.
" Que vas-tu me faire encore ? " semble-t-il
demander, couché sur le fumier où le ronge la gale*

et le creuse le besoin de manger. Et, fiévreux, il attend qu'un nouveau supplice ébranle son système nerveux.

... Mais n'ayez crainte... Mme Colette Willy est très bonne. Elle a vite fait de dissiper les terreurs ataviques de Toby-Chien et de Kiki-la-Doucette. Elle améliore la race, tellement que chats et chiens finiront par comprendre qu'il est moins ennuyeux de fréquenter un poète qu'un candidat malheureux au Collège de France, ce candidat eût-il démontré plus copieusement encore que l'auteur des Mémoires d'outre-tombe *a décrit sens dessus dessous la mâchoire des crocodiles.*

Toby-Chien et Kiki-la-Doucette savent bien que leur maîtresse est une dame qui ne ferait de mal ni à un morceau de sucre ni à une souris; une dame qui saute, pour nous ravir, à une corde qu'elle a tressée avec des mots en fleurs qu'elle ne froisse jamais et dont elle nous parfume; une dame qui chante avec la voix d'un pur ruisseau français la triste tendresse qui fait battre si vite le cœur des bêtes.

Francis Jammes.

A Rachilde

PERSONNAGES

KIKI-LA-DOUCETTE, *chat des Chartreux.*

TOBY-CHIEN, *bull bringé.*

LUI,
ELLE, } *seigneurs de moindre importance.*

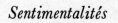

Sentimentalités

*Le perron au soleil. La sieste après déjeuner.
Toby-Chien et Kiki-la-Doucette gisent sur la
pierre brûlante. Un silence de dimanche. Pourtant, Toby-Chien ne dort pas, tourmenté par les
mouches et par un déjeuner pesant. Il rampe sur
le ventre, le train de derrière aplati en grenouille,
jusqu'à Kiki-la-Doucette, fourrure tigrée immobile.*

TOBY-CHIEN : Tu dors?

KIKI-LA-DOUCETTE, *ronron faible :* ...

TOBY-CHIEN : Vis-tu seulement? Tu es
si plat! Tu as l'air d'une peau de chat vide.

KIKI-LA-DOUCETTE, *voix mourante :* Laisse...

TOBY-CHIEN : Tu n'es pas malade?

KIKI-LA-DOUCETTE : Non... laisse-moi. Je
dors. Je ne sais plus si j'ai un corps. Quel
tourment de vivre près de toi! J'ai mangé,
il est deux heures... dormons.

TOBY-CHIEN : Je ne peux pas. Quelque
chose fait boule dans mon estomac. Cela
va descendre, mais lentement. Et puis ces
mouches, ces mouches!... La vue d'une
seule tire mes yeux hors de ma tête. Comment font-elles? Je ne suis que mâchoires
hérissées de dents terribles (entends-les cla-
quer!) et ces bêtes damnées m'échappent.
Hélas! mes oreilles! hélas! mon tendre
ventre bistré! ma truffe enfiévrée!... Là!
juste sur mon nez, tu vois? Comment
faire? je louche tant que je peux... Il y
a deux mouches maintenant? Non, une
seule... Non, deux... Je les jette en l'air
comme un morceau de sucre. C'est le vide
que je happe... Je n'en puis plus. Je déteste
le soleil, et les mouches, et tout!...

Il gémit.

KIKI-LA-DOUCETTE, *assis, les yeux pâles de
sommeil et de lumière :* Tu as réussi à m'éveil-
ler. C'est tout ce que tu voulais, n'est-ce
pas? Mes rêves sont partis. A peine sen-
tais-je, à la surface de ma fourrure profonde, les petits pieds agaçants de ces
mouches que tu poursuis. Un effleurement,
une caresse parfois ridait d'un frisson
l'herbe inclinée et soyeuse qui me revêt...
Mais tu ne sais rien faire discrètement; ta

joie populacière encombre, ta douleur cabotine gémit. Méridional, va!

TOBY-CHIEN, *amer :* Si c'est pour me dire ça que tu t'es réveillé!...

KIKI-LA-DOUCETTE, *rectifiant :* Que tu m'as réveillé.

TOBY-CHIEN : J'étais mal à l'aise, je quêtais une aide, une parole encourageante...

KIKI-LA-DOUCETTE : Je ne connais point de verbes digestifs. Quand je pense que, de nous deux, c'est moi qui passe pour un sale caractère! Mais rentre un peu en toi-même, compare! La chaleur t'excède, la faim t'affole, le froid te fige...

TOBY-CHIEN, *vexé :* Je suis un sensitif.

KIKI-LA-DOUCETTE : Dis : un énergumène.

TOBY-CHIEN : Non, je ne le dirai pas. Toi, tu es un monstrueux égoïste.

KIKI-LA-DOUCETTE : Peut-être. Les Deux-Pattes — ni toi — n'entendent rien à l'égoïsme, à celui des Chats... Ils baptisent ainsi, pêle-mêle, l'instinct de préservation, la pudique réserve, la dignité, le renoncement fatigué qui nous vient de l'impossibilité d'être compris par eux. Chien peu distingué, mais dénué de parti pris, me comprendras-tu mieux? Le Chat est un hôte et non un jouet. En vérité, je ne sais en quel temps nous vivons! Les Deux-Pattes, Lui et Elle, ont-ils seuls le droit de s'attrister, de se réjouir, de lapper les assiettes, de gronder, de promener par la maison une humeur capricieuse? J'ai, moi aussi, MES caprices, MA tristesse, mon appétit inégal, mes heures de retraite rêveuse où je me sépare du monde...

TOBY-CHIEN, *attentif et consciencieux :* Je t'écoute, et je te suis avec peine, car tu parles compliqué et un peu au-dessus de ma tête. Tu m'étonnes. Ont-Ils coutume de contrarier ta changeante humeur? Tu miaules : on t'ouvre la porte. Tu te couches sur le papier, le papier sacré qu'Il gratte : Il s'écarte, ô merveille, et te livre sa page déjà salie. Tu déambules, le nez froncé, la queue en balancier agitée de secs mouvements, visiblement en quête de méfaits : Elle t'observe, rit, et Il annonce : « la Promenade de dévastation. » Alors? D'où vient que tu récrimines?

KIKI-LA-DOUCETTE, *de mauvaise foi :* Je ne récrimine pas. D'ailleurs, les subtilités psychologiques te demeureront à jamais étrangères.

TOBY-CHIEN : Ne parle pas si vite. Il me

faut le temps de comprendre... Il me semble...

KIKI-LA-DOUCETTE, *narquois :* Ne te presse pas : ta digestion en pourrait pâtir.

TOBY-CHIEN, *fermé à l'ironie :* Tu as raison. J'ai de la peine à m'exprimer aujourd'hui. Voici : il me semble que, de nous deux, c'est toi qu'on choie; et, cependant, c'est toi qui te plains.

KIKI-LA-DOUCETTE : Logique de chien!... Plus on me donne, plus je demande.

TOBY-CHIEN : C'est mal! C'est de l'indiscrétion.

KIKI-LA-DOUCETTE : Non; j'ai droit à tout.

TOBY-CHIEN : A tout? Et moi?

KIKI-LA-DOUCETTE : Tu ne manques de rien, j'imagine?

TOBY-CHIEN : De rien? Je ne sais. Aux moments où je suis le plus heureux, une envie de pleurer me serre les côtes, mes yeux se troublent... Mon cœur m'étouffe. Je voudrais, à ces minutes d'angoisse, être sûr que tout ce qui vit m'aime, qu'il n'y a nulle part dans le monde un chien triste derrière une porte, et qu'il ne viendra jamais rien de mauvais...

KIKI-LA-DOUCETTE, *goguenard :* Et alors, il arrive quoi de mauvais?

TOBY-CHIEN : Ah! tu ne l'ignores pas! C'est fatalement à cette heure qu'Elle survient, portant une fiole jaune où nage l'horreur... tu sais... l'huile de ricin! Perverse, insensible, Elle me maintient entre ses genoux vigoureux, desserre mes dents.

KIKI-LA-DOUCETTE : Serre-les mieux.

TOBY-CHIEN : Mais j'ai peur de lui faire mal... et ma langue épouvantée connaît enfin la fadeur visqueuse... Je suffoque, je crache. Ma pauvre figure convulsée agonise, — et la fin de ce supplice est longue à venir... Tu m'as vu, après, me traîner mélancolique, la tête basse, écoutant dans mon estomac le glouglou malsain de l'huile, et cacher dans le jardin ma honte...

KIKI-LA-DOUCETTE : Tu la caches si mal!

TOBY-CHIEN : C'est que je n'en ai pas toujours le temps.

KIKI-LA-DOUCETTE : Elle a voulu — j'étais petit — me purger avec l'huile. Je l'ai si bien griffée et mordue qu'Elle n'a pas recommencé. Elle a cru, une minute, tenir le démon sur ses genoux. Je me suis roulé en spirale, j'ai soufflé du feu, j'ai multiplié mes vingt griffes par cent, mes dents par mille, et j'ai fui, comme par magie.

TOBY-CHIEN : Je n'oserais pas. Je l'aime, tu comprends. Je l'aime assez pour lui pardonner même le supplice du bain.

KIKI-LA-DOUCETTE, *intéressé* : Oui? dis-moi ce que tu ressens. La seule vue de ce qu'Elle te fait dans l'eau me remplit de frissons.

TOBY-CHIEN : Hélas!... Écoute, et plains-moi. Quelquefois, lorsqu'Elle est sortie de son bassin de zinc, vêtue de sa peau toute seule, — une peau sans poils et douce que je lèche avec respect, — Elle ne remet pas tout de suite ses peaux de linge et d'étoffe. Elle reverse de l'eau chaude, y jette une brique brune qui sent le goudron et dit : « Toby! » Cela suffit; mon âme me quitte déjà. Mes jambes flageolent. Quelque chose, sur l'eau, brille, qui danse et m'aveugle, une image en forme de fenêtre tortillée... Elle me saisit, pauvre corps évanoui que je suis, et me plonge... Dieux!... Dès lors je ne sais plus rien... je n'espère qu'en Elle, mes yeux s'attachent aux siens, durant qu'une tiédeur étroite colle à moi, épiderme sur mon épiderme...

Brique mousseuse, odeur de goudron, eau piquante dans mes yeux, dans mes narines, naufrage de mes oreilles... Elle

s'excite, Elle m'étrille d'un cœur allègre,
ahanne, rit... Enfin, c'est le sauvetage, le
repêchage par la nuque, pattes battant
l'air et cherchant la vie; — la serviette
rude, le peignoir où je goûte une convales-
cence épuisée...

KIKI-LA-DOUCETTE, *impressionné au fond* :
Remets-toi.

TOBY-CHIEN : Dame, rien que de le
raconter... Mais toi-même, si narquoise-
ment curieux de mes malheurs, ne m'es-tu
pas apparu, un jour, terrassé sur une table
de toilette, au-dessous d'Elle qui, armée
d'une éponge...

KIKI-LA-DOUCETTE, *très gêné*, *queue battante* : Une vieille histoire! Ma culotte de
zouave était salie. Elle a voulu la nettoyer.
Je l'ai persuadée que je souffrais atroce-
ment sous l'éponge...

TOBY-CHIEN : Que tu es menteur! Elle t'a
cru?

KIKI-LA-DOUCETTE : Heu... pas tout le
temps. C'est de ma faute. Renversé sur le
dos, j'offrais le ventre candide, les yeux
pardonnants et terrifiés d'un agneau à l'autel. Je perçus, à travers ma culotte floccon-
neuse, un fraîchissement à peine!... puis
rien d'autre... l'épouvante me prit, je crai-

gnis ma sensibilité abolie... Mes gémissements rythmiques s'enflèrent, puis dé-
crurent — tu connais la puissance de ma
voix! — puis montèrent encore comme une
clameur marine : j'imitai le petit veau,
l'enfant fouetté, la chatte en amour, le vent
sous la porte, grisé peu à peu de mon
propre chant... Si bien qu'Elle avait depuis
longtemps fini de me souiller d'eau froide,
et que je gémissais encore, les yeux au
plafond, devant Elle, qui riait sans tact et
criait : « Tu es menteur comme une
femme! »

TOBY-CHIEN, *convaincu* : Ça, c'est em-
bêtant.

KIKI-LA-DOUCETTE : Je lui en ai voulu
pendant toute une après-midi.

TOBY-CHIEN : Oh! pour bouder, tu t'en
acquittes. Moi, je ne peux jamais. J'oublie
les injures.

KIKI-LA-DOUCETTE, *pince-sans-rire* : Et tu
lèches la main qui te frappe. Connu!

TOBY-CHIEN, *gobeur* : Je lèche la main
qui... Oui, c'est tout à fait comme tu dis.
C'est une jolie expression.

KIKI-LA-DOUCETTE : Elle n'est pas de moi.
La dignité ne t'étouffe pas. Ma parole!
souvent j'ai honte pour toi. Tu aimes tout le

monde, tu accueilles d'un derrière plat toutes les rebuffades, ton cœur est avenant et banal comme un jardin public.

TOBY-CHIEN : N'en crois rien, mal élevé. Tu te trompes, toi, l'infaillible, — aux manifestations de ma politesse. Voyons, franchement, veux-tu que je gronde aux mollets de ses amis à Lui, de ses amis à Elle? Des gens bien vêtus qui savent mon nom (il y a beaucoup de gens que je ne connais pas qui savent mon nom) et me tirent bonnement les oreilles?

KIKI-LA-DOUCETTE : Je hais les nouveaux visages.

TOBY-CHIEN : Je ne les aime pas non plus, quoi que tu dises. J'aime... Elle et Lui.

KIKI-LA-DOUCETTE : Moi, j'aime Lui... et Elle.

TOBY-CHIEN : Oh! il y a longtemps que j'ai deviné ta préférence. Il y a, entre toi et Lui, une espèce d'entente secrète...

KIKI-LA-DOUCETTE, *souriant, mystérieux et abandonné* : Une entente... oui. Secrète et pudique, et profonde. Il parle rarement, gratte le papier avec un bruit de souris. C'est à lui que j'ai donné mon cœur avare, mon précieux cœur de chat. Et Lui, sans paroles m'a donné le sien. L'échange m'a

fait heureux et réservé, et parfois, avec ce
bel instinct capricieux et dominateur qui
nous fait les rivaux des femmes, j'essaie
sur lui mon pouvoir. A Lui, quand nous
sommes seuls, les oreilles diaboliques poin-
tées en avant, qui présagent le bond sur son
papier-à-gratter! A Lui le tap-tap-tap des
pattes tambourinantes à plat au travers des
plumes et des lettres éparses! A Lui aussi le
miaulement insistant qui demande la liberté, — « l'Hymne au bouton de porte »,
dit-il en riant; ou encore « la Plainte du séquestré ». Mais à Lui seul aussi la contem-
plation tendre de mes yeux inspirateurs qui
pèsent sur sa tête penchée, jusqu'à ce que
son regard appelé cherche et rencontre le
mien dans un choc d'âmes si prévu et si
doux que je clos mes paupières sous une
honte exquise... Elle... s'agite trop, me
bouscule souvent, me vanne dans l'air
pattes réunies deux par deux, s'énerve à
me caresser, rit haut de moi, imite trop
bien ma voix...

TOBY-CHIEN, *ému d'indignation* : Je te
trouve difficile. Assurément, je l'aime, Lui,
qui est bon, qui détourne les yeux de mes
fautes pour n'avoir pas à me gronder. Mais
Elle! C'est ce que je vois au monde de plus
beau, de plus cher, et de plus incompréhen-

sible. Son pas m'enchante, ses yeux va-
riables me dispensent le bonheur et la
tristesse. Elle est pareille au Destin et
n'hésite jamais! Les tourments même, de
sa main... Tu sais comme Elle me taquine?

KIKI-LA-DOUCETTE : Durement.

TOBY-CHIEN : Non pas durement, mais
finement. Je ne puis rien prévoir. Ce
matin, Elle s'est penchée comme pour me
parler, a soulevé mon oreille de petit
éléphant, et a jeté dedans un cri pointu
qui est descendu au fond de ma cervelle...

KIKI-LA-DOUCETTE : Horreur!...

TOBY-CHIEN : Était-ce bon? Était-ce
mauvais? Maintenant encore j'hésite. Cela
a déchaîné en moi une folie circulaire de
nervosité... Presque chaque jour, sa fantaisie exige que je fasse le « poisson » : soulevé dans ses bras, Elle étreint mes côtes
jusqu'à la suffocation, jusqu'à ce que ma
bouche muette s'ouvre comme celle des
carpes qu'on noie dans l'air...

KIKI-LA-DOUCETTE : Je la reconnais bien là.

TOBY-CHIEN : Soudain je me sens libre
et vivant, vivant par le miracle de sa seule
volonté! Que la vie alors me paraît belle!
Comme je mâchouille sa main pendante,
l'ourlet de sa robe!

KIKI-LA-DOUCETTE, *méprisant* : Le joli jeu!

TOBY-CHIEN : Tout le bien et tout le mal me viennent d'Elle... Elle est le tourment aigu et le sûr refuge. Lorsque, épouvanté, je me jette en Elle, le cœur fou, que ses bras sont doux, et frais ses cheveux sur mon front! Je suis son « enfant-noir », son « Toby-Chien », son « tout petit h'amour »... Pour me rassurer Elle s'assoit par terre, se fait petite comme moi, se couche tout à fait, pour m'enivrer de sa figure au-dessous de la mienne, renversée dans sa chevelure qui sent bon le foin et la bête! Comment résister alors? Ma passion déborde, je la fouis d'une truffe énervée, je cherche, trouve, mordille le bout croquant et rose d'une oreille — Son oreille! — jusqu'à ce qu'Elle crie, chatouillée : « Toby! c'est terrible! au secours, ce chien me mange! »

KIKI-LA-DOUCETTE : Saines joies, brutales et simples... Et tu t'en vas, ensuite, faire la cour à la cuisinière.

TOBY-CHIEN : Et toi à la chatte de la ferme...

KIKI-LA-DOUCETTE, *sec :* Assez, je te prie, ceci ne regarde que moi... et la petite Chatte.

TOBY-CHIEN : Une jolie conquête! Tu devrais rougir, une chatte de sept mois!

KIKI-LA-DOUCETTE, *excité* : Un fruit vert, une baie sauvage, te dis-je! Et personne ne me la volera. Elle est svelte autant qu'une rame à pois...

TOBY-CHIEN, *à part* : Vieux polisson!

KIKI-LA-DOUCETTE : ... Longue et balancée sur de longues pattes, elle va du pas incertain des vierges. Le dur travail des champs — elle y chasse le mulot, la musaraigne, voire la perdrix — a durci ses jeunes muscles, assombri un peu sa figure d'enfant...

TOBY-CHIEN : Elle est laide.

KIKI-LA-DOUCETTE : Non point laide! mais bizarre : un museau de chèvre aux narines roses, coiffée d'oreilles d'âne à la mode paysanne, des yeux latéraux, couleur d'or ancien, dont le regard vif trébuche souvent dans un piquant strabisme... De quel cœur elle me fuit, confondant sa pudeur avec l'effroi! De mon côté, je passe lentement, on dirait indifférent, drapé dans ma robe splendide dont les rayures l'étonnent... Elle y viendra! A mes pieds, la petite Chatte enamourée, qui aura jeté toute contrainte et se roulera sous moi comme une écharpe blanche!...

TOBY-CHIEN : Moi, je veux bien, tu sais. Ici, les choses de l'amour me laissent relativement froid. L'exercice physique... mes soucis de gardien... je ne pense guère à la bagatelle.

KIKI-LA-DOUCETTE, *à part :* La bagatelle! commis voyageur, va!

TOBY-CHIEN, *sincère :* Et puis je peux bien t'avouer... Tu vois comme je suis petit... Eh bien! par une guigne invraisemblable et pourtant vraie, je ne rencontre aux alentours que de jeunes géantes. La chienne de la ferme, une grande diablesse bâtarde aux yeux jaunes, m'accueillerait comme elle accueille... n'importe qui. Dévergondée, oh! ça... mais bonne fille, odorante, et cette espèce de charme exténué et canaille, ces regards affamés de louve douce... Hélas!... je suis si petit... Chez les voisins, je connais encore une danoise placide, vertigineuse comme une alpe; une bergère qui n'a jamais le temps à cause de son métier; une chienne d'arrêt nerveuse qui mord tout à coup, mais dont les yeux sauvages promettent l'ardeur... Hélas, hélas! J'aime mieux n'y plus penser. C'est trop fatigant. Revenir surmené et non

satisfait, battre la fièvre toute la nuit...
Assez...

J'aime... Elle et Lui, dévotement, d'une
passion émue qui me grandit jusqu'à Eux;
elle suffit d'ailleurs à occuper mon temps
et mon cœur. L'heure de la sieste passe,
Chat, mon méprisant ami, que j'aime
pourtant, — et qui m'aimes. Ne détourne
pas la tête! Ta pudeur singulière s'emploie
à cacher ce que tu nommes faiblesse, ce que
je nomme amour. Crois-tu que je sois
aveugle? Lorsque je reviens avec Elle vers
la Maison, j'ai vu vingt fois, derrière la
vitre, ta figure triangulaire s'éclairer et
sourire à mon approche. Le temps d'ouvrir
la porte : tu avais déjà remis ton masque
de chat, ton joli masque japonais aux yeux
bridés... Peux-tu le nier?

KIKI-LA-DOUCETTE, *résolu à ne pas entendre :*
L'heure de la sieste passe. L'ombre conique
des poiriers croît sur le gravier. Tout notre
sommeil est parti en paroles. Tu as oublié
les mouches, ton estomac inquiet, la chaleur qui danse en ondes sur les prés. Le
beau jour lourd s'en va. Déjà l'air s'émeut,
et courbe vers nous l'odeur des pins dont le
tronc fond en larmes claires...

TOBY-CHIEN : La voici. Elle a quitté son
fauteuil de paille, étiré ses bras gracieux, et

je lis l'espoir d'une promenade dans le
mouvement de sa robe. Tu la vois, derrière
les rosiers ? Elle casse de l'ongle une feuille
de citronnier, la froisse et la respire... Je lui
appartiens. Les yeux fermés, je devine sa
présence...

KIKI-LA-DOUCETTE : Je la vois. Elle est
tranquille et douce... pour un instant. Je
sais surtout qu'Il la suivra de près, en quittant son papier; Il sortira en l'appelant :
« Où es-tu ? » et s'assoira, fatigué, sur le
banc. Pour Lui, je me lèverai avec politesse
et j'irai carder de mes ongles la jambe de
son pantalon. Silencieux, pareils, heureux,
nous écouterons tomber le jour. L'odeur du
tilleul deviendra sucrée jusqu'à l'écœure-
ment, à l'heure même où mes yeux de
voyant s'agrandiront, noirs, et liront dans
l'air des Signes mystérieux... Là-bas, derrière la montagne pointue, un calme incen-
die, plus tard, s'allumera, une vapeur
ronde, d'un rose glacé dans le bleu cen-
dreux de la nuit, un cocon lumineux d'où
éclora le tranchant éblouissant d'une lune
coupante qui voguera, fendant les nuages...
Et puis, ce sera le moment d'aller dormir.
Il me prendra sur son épaule, et je dormirai
(car ce n'est pas la saison de l'amour) sur
son lit, contre ses pieds soigneux de mon

repos. Mais le petit matin me verra frissonnant, rajeuni, assis face au soleil, dans le
nimbe d'argent dont m'encense la rosée,
et semblable, en vérité, au dieu que je
fus.

Le voyage

Dans un compartiment de 1ʳᵉ classe, Kiki-la-
Doucette, Toby-Chien, Elle et Lui ont pris place.
Le train roule vers les lointaines montagnes, vers
l'été libre. Toby-Chien, en laisse, lève vers la
vitre un nez affairé. Kiki-la-Doucette, invisible
dans un panier clos, sous l'immédiate protection
de Lui, se tait. Lui a déjà jonché le wagon de
vingt journaux déployés. Elle rêve, tête appuyée
au drap poussiéreux, et sa pensée s'élance au-
devant de la montagne entre toutes aimée, celle qui
porte une maison basse tapie sous la vigne et le
jasmin de Virginie...

TOBY-CHIEN : Comme cette voiture va
vite! Ce n'est pas le même cocher que d'habitude. Je n'ai pas vu les chevaux, mais ils
sentent bien mauvais et fument noir. Arri-
vera-t-on bientôt, ô Toi qui rêves silencieuse et ne me regardes pas?

*Point de réponse. Toby-Chien s'énerve et
siffle par les narines.*

ELLE : Chut!...

TOBY-CHIEN : Je n'ai presque rien dit.
Arriverons-nous bientôt?

*Il se tourne vers Lui, qui lit, et pose une
patte discrète au bord de son genou.*

LUI : Chut!...

TOBY-CHIEN, *résigné* : Je n'ai pas de
chance. Personne ne veut me parler. Je
m'ennuie un peu, et puis je ne connais pas
assez cette voiture. Je suis fatigué. On m'a
éveillé de bonne heure, et je me suis diverti
à courir par toute la maison. On avait
caché les fauteuils sous des draps, emmail-
loté les lampes, roulé les tapis; tout était
blanc, changé, angoissant, avec une funèbre odeur de camphre. J'ai éternué sous
chaque fauteuil, les yeux pleins d'eau, et
glissé sur le parquet nu, dans ma hâte à
suivre le tablier blanc des bonnes. Car elles
s'agitaient autour des malles semées partout, et leur zèle inusité suffisait à m'avertir
d'un événement exceptionnel... A la dernière minute, juste comme Elle criait,
toute chaude de mouvement : « Le collier
de Toby! Et le panier du chat, vite le chat
dans le panier!... », juste comme Elle disait

cela... mon camarade disparut. Ce fut in-
descriptible. Lui, terrible à voir, jurait le
tonnerre de Dieu et frappait de la canne
sur le parquet, furieux parce qu'on avait
laissé son Kiki s'évader. Elle appelait
« Kiki! » tantôt avec prière, tantôt avec
menace, et les deux bonnes apportaient de
trompeuses assiettes vides, des papiers
jaunes de la boucherie... Je crus fermement
que mon camarade le Chat avait quitté ce
monde! Soudain il apparut à tous les yeux,
juché au plus haut de la bibliothèque, et
nous méprisant de son regard vert. Elle
leva les bras : « Kiki! veux-tu descendre
tout de suite! Tu vas nous faire manquer le
train! » Il ne descendit point, et je pris le
vertige, moi par terre, à le voir si haut se
tenir debout, et piétiner, et tourner sur lui-
même, en miaulant aigu pour exprimer
l'impossibilité où il se trouvait d'obéir. Lui
s'affolait, disant : « Mon Dieu, il va tomber! » Mais Elle sourit, sceptique, sortit et
revint armée du fouet... Le fouet dit :
« Clac! » deux fois seulement, et par miracle, je pense, le chat bondit sur le parquet, plus mol et plus élastique que la balle
de laine qui nous sert de joujou. Moi je me
serais cassé en tombant.

Depuis il est dans ce panier... *(Il va au
panier.)* Il y a une petite lucarne... Je le

vois... Des pointes de moustaches comme des aiguilles blanches... Oh! quel œil! Reculons... j'ai un peu peur. Un chat n'est jamais tout à fait enfermé... Il doit souffrir. Peut-être qu'en lui parlant doucement... *(Il l'appelle, très courtois.)* Chat!

KIKI-LA-DOUCETTE, *crachement de fauve :* Khhh...

TOBY-CHIEN, *un pas en arrière :* Oh! tu as dit un vilain mot. Ta figure est terrible. Tu as mal quelque part?

KIKI-LA-DOUCETTE : Va-t'en. Je suis le martyr... Va-t'en, te dis-je, ou je souffle du feu sur toi!

TOBY-CHIEN, *candide :* Pourquoi?

KIKI-LA-DOUCETTE : Parce que tu es libre, parce que je suis dans ce panier, parce que le panier est dans une voiture infecte et qui me secoue, et que leur sérénité à Eux m'exaspère.

TOBY-CHIEN : Veux-tu que j'aille regarder dehors et que je te raconte ce qu'on voit par la portière de la voiture?

KIKI-LA-DOUCETTE : Tout m'est également odieux.

TOBY-CHIEN, *après avoir regardé, revient :* Je n'ai rien vu...

KIKI-LA-DOUCETTE, *amer :* Merci tout de même.

TOBY-CHIEN : Je n'ai rien vu qui soit facile à décrire. Des choses vertes, qui passent tout contre nous, si près et si vite qu'on en reçoit une claque dans les yeux. Un champ plat qui tourne et un petit clocher pointu, là-bas, qui court aussi vite que la voiture... Un autre champ, tout incarnat de trèfle en fleur, vient de me donner dans l'œil une autre gifle rouge... La terre s'enfonce, — ou bien nous montons, je ne sais pas au juste. Je vois, tout en bas, très loin, des pelouses vertes, étoilées de marguerites blanches, — qui sont peut-être des vaches...

KIKI-LA-DOUCETTE, *amer :* Ou des pains à cacheter, — ou autre chose.

TOBY-CHIEN : Cela ne t'amuse pas ?

KIKI-LA-DOUCETTE, *rire sinistre :* Ha ! demande au damné...

TOBY-CHIEN : A qui ?

KIKI-LA-DOUCETTE, *de plus en plus mélodramatique, sans aucune conviction :* ... au damné, dans sa cuve d'huile bouillante, s'il éprouve quelque agrément ! Mes tortures à moi sont morales. Je connais à la fois la séquestration, l'humiliation, l'obscurité, l'oubli et le tangage.

> *Le train s'arrête. Un employé sur le quai : « Aoua, aouaoua, éouau... ouain! »*

TOBY-CHIEN, *éperdu :* On crie! il y a un malheur! Courons!

> *Il se jette, museau en avant, contre la portière fermée qu'il gratte désespérément.*

ELLE, *ensommeillée :* Mon petit Toby, tu es bassin.

TOBY-CHIEN, *affolé :* Que fais-tu à rester tranquille et assise, ô Toi, l'inexplicable? N'entends-tu pas ces cris? Ils s'affaiblissent... Le malheur est allé plus loin. J'aurais voulu savoir...

> *Le train repart.*

LUI, *quittant son journal :* Cette bête a faim.

ELLE, *très éveillée à présent :* Tu crois? Moi aussi. Mais Toby mangera très peu.

LUI, *inquiet :* Et Kiki-la-Doucette?

ELLE, *péremptoire :* Kiki-la-Doucette boude. Il s'est caché ce matin. Il mangera encore moins.

LUI : Il ne dit rien. Tu ne crains pas qu'il soit malade?

ELLE : Non, mais vexé.

KIKI-LA-DOUCETTE, *dès qu'il s'agit de lui :*
Mouân!

LUI, *tendre et empressé :* Venez, mon beau
Kiki, mon séquestré, venez, vous aurez du
roastbeef froid et du blanc de poulet...

> *Il ouvre le panier-geôle, Kiki-la-Dou-
> cette avance une tête plate de serpent, un
> corps rayé, précautionneux et long, long à
> croire qu'il en sortira comme ça des mètres...*

TOBY-CHIEN, *amène :* Ah! te voilà, Chat!
Eh bien, salue la liberté!

> *Kiki-la-Doucette, sans répondre, lisse de
> la langue quelques soies rebroussées.*

TOBY-CHIEN : Salue la liberté, je te dis.
C'est l'usage. Chaque fois qu'on ouvre une
porte, on doit courir, sauter, se tordre en
demi-cercle et crier.

KIKI-LA-DOUCETTE : On? qui, on?

TOBY-CHIEN : Nous, les Chiens.

KIKI-LA-DOUCETTE, *assis et digne :* Faudra-
t-il aussi que j'aboie? Nous n'avons jamais
eu le même code des convenances, que je
sache.

TOBY-CHIEN, *vexé :* Je n'insiste pas.
Comment trouves-tu cette voiture?

KIKI-LA-DOUCETTE, *qui flaire minutieusement :* Affreuse. Cependant le drap est assez bon pour faire ses ongles.

> *Il joint le geste à la parole et carde le capitonnage.*

TOBY-CHIEN, *à part :* Si je faisais ça, moi...

KIKI-LA-DOUCETTE, *continuant à carder :* Han! Han! que ce spongieux drap gris étanche ma rage!... Depuis ce matin l'univers se révolte monstrueusement, et Lui, Lui que j'aime, et qui me vénère, ne m'a pas défendu. J'ai subi des contacts humiliants, des cahots, et plus d'un coup de sifflet a traversé ma cervelle d'une oreille à l'autre... Han! il est doux de détendre ses nerfs et d'imaginer qu'on effiloche d'une griffe allègre la chair ennemie, fibreuse et saignante... Han! cardons et steppons! Levons les pattes trop haut en signe suprême d'insolence!...

ELLE : Dis donc, Kiki, c'est fini?

LUI, *indulgent et admiratif :* Laisse-le. Il fait z'ongles.

KIKI-LA-DOUCETTE : Il a parlé pour moi. Je lui pardonne. Mais puisqu'on me permet, je n'aime plus déchirer le coussin... Quand sortirai-je d'ici? Ce n'est pas que j'aie peur. Ils sont là tous deux, et le Chien, avec des figures de tous les jours... J'ai des tiraillements d'estomac.

Il bâille. Le train s'arrête, un employé sur le quai : « Aaa, oua... aouaoua, oua... »

TOBY-CHIEN, *éperdu :* On crie! Il y a encore un malheur! Courons!...

KIKI-LA-DOUCETTE : Mon Dieu, que ce chien est fatigant! Qu'est-ce que ça peut lui faire, qu'il y ait un malheur? D'ailleurs, je n'en crois rien. Ce sont des cris d'homme, et les hommes crient pour le seul plaisir d'entendre leur voix...

TOBY-CHIEN, *calmé :* J'ai faim. Va-t-on manger, ô Toi, de qui j'espère tout? Dans cet étrange pays, je ne sais plus l'heure, mais il me semble bien...

ELLE : Venez tous déjeuner.

Elle déballe des couverts, froisse des papiers, rompt un pain doré qui craque...

TOBY-CHIEN, *mâchant :* Ce qu'elle m'a donné là devait être bien bon pour sembler si petit. Cela a fondu dans ma gueule, il n'en reste pas un souvenir...

KIKI-LA-DOUCETTE, *mâchant :* C'est du blanc de poulet. Frrrr... Allons, bon! je fais ronron sans m'en apercevoir! Il ne faut pas. Ils croiraient que je me résigne à ce

voyage... Mangeons lentement, farouche
et désabusé, mangeons uniquement pour
ne mourir point...

ELLE, *aux animaux* : Laissez-moi déjeuner! Moi aussi, j'aime le poulet froid, et les
cœurs de laitue trempés dans le sel...

LUI, *inquiet* : Comment fera-t-on pour
obliger ce Chat à réintégrer son panier?

ELLE : Je ne sais pas, nous verrons tout à
l'heure...

TOBY-CHIEN : C'est déjà fini? J'en avale-
rais trois fois autant. Dis donc, Chat, tu
ne manges pas mal pour un martyr.

KIKI-LA-DOUCETTE, *mentant* : Le chagrin
me creuse. Écarte-toi un peu, je veux à présent dormir... essayer de dormir... Un rêve
clément, peut-être, me ramènera à la maison que j'ai quittée, au coussin fleuri que
Lui m'a donné... Home! sweet home!
Tapis colorés à souhait pour le plaisir de
mes yeux! Potiche vaste d'où jaillit un petit
palmier dont je mange les pousses, fauteuils profonds sous lesquels je cache ma
balle de laine pour me faire une surprise...
Bouchon suspendu par une ficelle au loquet
de la porte, et bibelots sur les tables pour
que ma patte s'y distraie à briser quelque
cristal... Salle à manger, temple! Vestibule

plein de mystère, d'où je guette, invisible,
ceux qui entrent et ceux qui sortent... Escalier étroit où le pas du laitier sonne pour
moi comme un angélus... Adieu, mon fatal
destin m'emporte, et qui sait si jamais...
Ah! c'est trop triste, et toutes les jolies
choses que je dis m'ont attendri pour de
vrai!

*Il commence une toilette minutieuse et
funèbre. Le train s'arrête. Un employé sur
le quai : « Aaa... ouain. aouaoua... »*

TOBY-CHIEN : On crie! Il y a un malh...
Ah! zut, j'en ai assez.

LUI, *soucieux :* Nous allons changer de
train dans dix minutes. Comment faire
pour le Chat? Il ne voudra jamais se laisser
enfermer.

ELLE : On verra. Si on mettait de la
viande dans le panier?

LUI : Ou bien en le caressant... *(Ils s'ap-
prochent de la bête redoutable et lui parlent
ensemble.)* Kiki, mon beau Kiki, viens sur
mes genoux ou sur mon épaule qui te plaît
d'habitude. Tu t'y assoupiras et je te dépo-
serai doucement dans ce panier, qui, en
somme, est à claire-voie et dont un coussin
rend confortable l'osier rude... Viens, mon
charmant...

ELLE : Écoute, Kiki, il faut pourtant comprendre la vie. Tu ne peux pas rester comme ça. Nous allons changer de train, et un employé épouvantable surgira, qui dira des choses blessantes pour toi et toute ta race. D'ailleurs, tu feras bien d'obéir, parce que, sans ça, je te ficherai une fessée...

> *Mais avant qu'on ait porté la main sur sa fourrure sacrée, Kiki se lève, s'étire, bombe le dos en pont, bâille pour montrer sa doublure rose, puis se dirige vers le panier ouvert, où il se couche, admirable de quiétude insultante. Lui et Elle se regardent et font une tête.*

TOBY-CHIEN, *avec l'à-propos qui le caractérise :* J'ai envie de faire pipi.

Le dîner est en retard

Un salon à la campagne. La fin d'une journée d'été. Kiki-la-Doucette, Toby-Chien dorment d'un somme peu convaincu, oreilles nerveuses, paupières obstinément serrées. Kiki-la-Doucette ouvre ses yeux presque horizontaux, couleur de raisin, et bâille d'une gueule féroce de petit dragon.

KIKI-LA-DOUCETTE, *hautain :* Tu ronfles.

TOBY-CHIEN, *qui ne dormait pas pour de vrai :* Non, c'est toi.

KIKI-LA-DOUCETTE : Pas du tout. Moi, je fais ronron.

TOBY-CHIEN : C'est la même chose.

KIKI-LA-DOUCETTE, *dédaignant la discussion :* Dieu merci! non. *(Un silence).* J'ai faim. On n'entend pas remuer les assiettes à côté. Est-ce qu'il n'est pas l'heure de dîner?

TOBY-CHIEN *se lève et étire longuement ses*

pattes de devant, les coudes en dehors; il bâille et darde une langue héraldique au bout frisé : Je ne sais pas. J'ai faim.

KIKI-LA-DOUCETTE : Où est-Elle? Comment n'es-tu pas dans ses jupes?

TOBY-CHIEN, *embarrassé, mordillant ses ongles :* Elle est dans le jardin, je crois; Elle ramasse des mirabelles.

KIKI-LA-DOUCETTE : Des boules jaunes qui pleuvent sur les oreilles? Je sais. Tu l'as donc vue? Elle t'a grondé, je parie... Qu'est-ce que tu as fait encore?

TOBY-CHIEN, *gêné, détournant sa figure plissée de crapaud sympathique :* Elle m'a dit de retourner au salon, parce que... parce que je mangeais aussi des mirabelles.

KIKI-LA-DOUCETTE : C'est bien fait! Tu as des goûts ignobles, — des goûts d'homme.

TOBY-CHIEN, *froissé :* Dis donc, je ne mange pas du poisson gâté, moi!

KIKI-LA-DOUCETTE : Tu lèches des choses plus dégoûtantes.

TOBY-CHIEN : Quoi, par exemple?

KIKI-LA-DOUCETTE : Des choses... sur la route... pouah!

TOBY-CHIEN : Je comprends. Ça s'appelle des « sales ».

KIKI-LA-DOUCETTE : Tu dois te tromper.

TOBY-CHIEN : Non. Quand j'en flaire *un*, un superbe et bien roulé, un sans défaut, Elle se précipite, l'ombrelle en l'air, et crie : « Sale ! »

KIKI-LA-DOUCETTE : Tu n'as pas honte ?

TOBY-CHIEN : Pourquoi ? Ces fleurs de la route plaisent à mon nez subtil, à ma langue gourmande. Ce que je ne comprendrai jamais, c'est ton épilepsie joyeuse sur les grenouilles mortes ou sur cette herbe, tu sais...

KIKI-LA-DOUCETTE : La valériane.

TOBY-CHIEN : Peut-être bien... Une herbe, c'est pour purger.

KIKI-LA-DOUCETTE : Je n'ai pas, comme toi, que des pensées excrémentielles. La valériane... tu ne peux pas comprendre... Je l'ai vue, Elle, pour avoir vidé une flûte de vin fétide qui saute dangereusement, rire et délirer comme je fais sur la valériane... La grenouille morte, si morte qu'elle semble un maroquin sec en forme de grenouille, c'est le sachet imprégné d'un musc rare, dont je voudrais embaumer ma fourrure...

TOBY-CHIEN : Tu parles bien... Mais Elle te gronde et dit qu'après tu sens mauvais, et Lui aussi.

KIKI-LA-DOUCETTE : Ce ne sont que des Deux-Pattes, l'un et l'autre. Tu les imites, pauvre être, et te diminues d'autant. Tu te tiens debout sur tes pieds de derrière, tu portes un manteau lorsqu'il pleut, tu manges — fi! — des mirabelles et ces grosses boules vertes que laissent choir parfois les mains malveillantes des arbres, quand je passe dessous...

TOBY-CHIEN : Des pommes.

KIKI-LA-DOUCETTE : Probablement. Elle les cueille et te les lance dans l'allée, en criant : « Pomme, Toby, pomme! » Et tu te rues avec des manières indécentes de fou, la langue et les yeux en dehors, jusqu'à perdre haleine...

TOBY-CHIEN, *renfrogné, le museau sur ses pattes* : Chacun prend son plaisir où il le trouve.

KIKI-LA-DOUCETTE, *bâillant, montre ses dents en aiguilles, le velours rose et sec de son palais* : J'ai faim. Le dîner est sûrement en retard. Si tu allais la chercher?

TOBY-CHIEN : Je n'ose pas. Elle m'a défendu de venir. Elle est là-bas au fond de la combe, avec un grand panier. La rosée tombe et mouille ses pieds, et le soleil s'en va. Mais tu sais comme Elle est : Elle s'assied dans le mouillé, regarde en avant d'Elle comme si Elle dormait; ou bien se couche à plat ventre, siffle, et suit une fourmi dans l'herbe; ou arrache une poignée de serpolet et la respire; ou appelle les mésanges et les geais, qui ne viennent jamais, d'ailleurs. Elle porte un arrosoir lourd, qu'Elle verse, en mille fils d'argent glacé qui me donnent le frisson, sur les roses ou dans le creux de ces petites auges de pierre au fond du bois. Tout de suite je m'y penche, pour voir la tête du bull bringé venir à ma rencontre, et pour y boire l'image des feuilles, mais Elle me tire en arrière par mon collier : « Toby, c'est l'eau des oiseaux! » Elle ouvre son couteau et vide des noisettes, cinquante noisettes, cent noisettes, — et oublie l'heure. Cela n'en finit pas.

KIKI-LA-DOUCETTE, *narquois :* Et toi, pendant ce temps-là?

TOBY-CHIEN : Moi... Eh bien! je l'attends.

KIKI-LA-DOUCETTE : Je t'admire!

TOBY-CHIEN : Quelquefois, accroupie, acharnée, Elle gratte la terre, peine, sue, et je m'anime tout autour, dans la joie d'une besogne utile qui m'est si familière. Mais son odorat faible la trompe; Elle fouit de

faux terriers où je ne sens ni la taupe ni la
musaraigne aux pattes rosées. Qui m'expli-
quera le peu de fermeté de ses desseins ?
Voilà qu'Elle tombe sur son derrière, bran-
dissant une herbe à racine chevelue, et
s'écrie : « Je la tiens, la rosse ! » Je me
couche dans le mouillé, et je tremble. Ou je
pousse mon nez — Elle dit mon groin —
contre la terre, pour y reconnaître des
odeurs compliquées... Sais-tu seulement,
toi, démêler trois, quatre odeurs embrouil-
lées, tressées, fondues : une de taupe, une
autre de lièvre qui a passé vite, une autre
d'oiseau qui s'est couché...

KIKI-LA-DOUCETTE : Oui, je le puis. Mon
nez sait tout. Il est petit, régulier, large
entre mes deux yeux, délicat au bout cha-
mois de mes narines ; le frôler d'une herbe,
l'ombre de la fumée le chatouillent jusqu'à
l'éternuement. Il ne s'emploie pas à démêler l'odeur des taupes enchevêtrée à celle
des... lièvres, dis-tu ? Mais je puis rester
pendant des minutes à enivrer mon nez —
Elle dit : « Son si joli nez en velours de
coton » — d'une trace de chatte contre les
buis... Mon nez est charmant. Il n'y a point
de jour, depuis que mes yeux sont ouverts,
où l'on ne m'ait dit sur mon nez quelque
vérité flatteuse. Le tien... C'est une truffe

grenue. Et quelle mobilité ridicule l'agite!
Au moment même où je te parle...

TOBY-CHIEN : J'ai faim. On n'entend pas
les assiettes.

KIKI-LA-DOUCETTE : — ...ta truffe se promène sur ton visage et plisse d'un pli de
plus ce museau mal équarri...

TOBY-CHIEN : Elle dit : « Son museau
carré, sa truffe plissée » si tendrement!

KIKI-LA-DOUCETTE : ... Et tu ne songes
qu'à la nourriture.

TOBY-CHIEN : Et toi, c'est ton estomac
vide qui grogne et se plaint et me querelle.

KIKI-LA-DOUCETTE : Mon estomac est
charmant.

TOBY-CHIEN : Mais non, c'est ton nez, tu
l'as déjà dit.

KIKI-LA-DOUCETTE : Mon estomac aussi.
Il n'y en a pas de plus gourmet, de plus
fantasque, de plus solide et délicat ensemble. Il digère des arêtes de sole, des
esquilles d'os de poulet, mais la viande
suspecte le retourne, — c'est à la lettre.

TOBY-CHIEN : A la lettre, en effet. Tu as
l'indigestion mouvementée.

KIKI-LA-DOUCETTE : Oui, toute la maison s'en émeut. C'est qu'aux premières

affres de la nausée une grande détresse
s'empare de moi, car la terre mollit sous
mes pas. Les yeux dilatés, j'avale précipi-
tamment une salive abondante et sa-
lée, tandis que m'échappent d'involon-
taires cris de ventriloque... Et puis voici
que mes flancs houlent, autant et mieux
que ceux de la chatte en gésine, et puis...

TOBY-CHIEN, *dégoûté :* Si ça t'est égal,
tu me raconteras le reste après dîner.

KIKI-LA-DOUCETTE : J'ai faim. Où est-il,
Lui ?

TOBY-CHIEN : Là. Dans son cabinet. Il
gratte le papier.

KIKI-LA-DOUCETTE : Oui, comme toujours. C'est un jeu. Les Deux-Pattes
s'amusent aux mêmes choses, indéfini-
ment. J'ai souvent essayé, comme Lui, de
gratter finement le papier. Mais c'est un
plaisir qui dure peu, et je préfère le journal
déchiqueté en lambeaux nombreux, qui
bruissent et volent. D'ailleurs, il y a sur sa
table, à Lui, un petit pot dont je ne flaire
pas sans horreur l'eau violette et bour-
beuse, depuis qu'une curiosité assez incon-
sidérée me conduisit à y tremper la patte.
Cette patte que tu vois, — aristocratique
et forte, barbue, entre les doigts, d'un poil
inutile qui proclame la pureté de ma race,

— cette patte garda huit jours une souil-
lure bleuâtre, et ne perdit que lentement
la dégradante odeur de lame d'acier rongé
de jus acide...

TOBY-CHIEN : Cela sert à quoi, ce petit
pot?

KIKI-LA-DOUCETTE : Il y boit, sans doute.

Silence.

TOBY-CHIEN : Elle ne revient pas. Pourvu
qu'Elle ne se soit pas perdue, comme moi
un jour dans la rue, à Paris!

KIKI-LA-DOUCETTE : J'ai faim.

TOBY-CHIEN : J'ai faim. Qu'est-ce qu'on
mange ce soir?

KIKI-LA-DOUCETTE : J'ai vu un poulet. Il
a crié stupidement et saigné rouge dans la
cuisine. C'était plus sale par terre qu'un
pipi de chat, et même qu'un pipi de chien;
pourtant on ne l'a pas fouetté. Mais Émi-
lie l'a mis dans le feu, pour lui apprendre.
J'ai un peu léché le sang...

TOBY-CHIEN *bâille* : Du poulet... Mes
lèvres tremblent et se mouillent. Elle me
dira : « A z'os, à z'os! » et me jettera la
carcasse...

KIKI-LA-DOUCETTE : Que tu parles mal!
Il dit : « A p'tit os, à tos! »

TOBY-CHIEN, *surpris* : Mais... non, je t'assure, c'est bien : « A z'os » qu'Elle dit...

KIKI-LA-DOUCETTE : Lui parle mieux qu'Elle.

TOBY-CHIEN, *incompétent :* Ah?... Dis-moi, les oiseaux, est-ce que ça a le goût du poulet?

KIKI-LA-DOUCETTE, *dont les yeux brillent bleu soudain :* Non... C'est mieux... c'est vivant. On sent tout craquer sous les dents, et l'oiseau qui tressaille, et la plume chaude, et la petite cervelle exquise...

TOBY-CHIEN : Oh! tu me dégoûtes! Toutes les petites bêtes, quand elles remuent, m'inquiètent, et d'ailleurs les oiseaux sont doux...

KIKI-LA-DOUCETTE, *sec :* N'en crois rien, ils ne sont doux qu'à manger. Ce sont des êtres bruyants, infatués, stupides, uniquement comestibles... Tu connais les deux geais?

TOBY-CHIEN : Pas très bien.

KIKI-LA-DOUCETTE : Les deux geais du petit bois. Ceux-là... ils rient, poussent des « tiac » sardoniques quand je me promène, parce que je porte une sonnette au cou... J'ai beau tenir raide ma tête et poser mes pattes doucement, ma sonnette sonne, et

les deux créatures s'esclaffent en haut du
sapin... Que je les tienne un jour!...

Il couche latéralement ses oreilles et lève
le poil de son dos en arête de poisson.

TOBY-CHIEN, *pensif :* Positivement, il y a
des moments où je ne te reconnais plus. On
cause tranquillement, et soudain tu te
hérisses en rince-bouteilles. On joue gentil,
je te jappe au derrière des *ahouahoua* pour
rire, et tout d'un coup, on ne sait pas
pourquoi, peut-être parce que mon nez a
frôlé cette toison qui bouffe en culotte de
zouave, te voilà bête sauvage, crachant un
souffle qui fume, et qui me charges comme
un chien inconnu! Est-ce que cela ne peut
pas s'appeler un mauvais caractère?

KIKI-LA-DOUCETTE, *mystérieux, les yeux*
presque fermés : Non pas. Un caractère
seulement. Un caractère de Chat. C'est en
de tels moments irrités que je sens, à n'en
pas douter, l'humiliante situation qui nous
est faite, à moi et à tous ceux de ma
race. Je me souviens d'un temps où des
prêtres en longues tuniques de lin nous
parlaient courbés et tentaient, timides, de
comprendre notre parole chantée. Sache,
Chien, que nous n'avons pas changé! Peut-
être y a-t-il des jours où je suis plus pareil à
moi-même, où tout m'offense justement, un

geste brusque, un rire grossier, le fracas
d'une porte, ton odeur, l'inconcevable au-
dace que tu as de me toucher, de me
cerner de bonds circulaires...

TOBY-CHIEN, *patient, à part :* Il a sa crise.

KIKI-LA-DOUCETTE, *tressaillant :* Tu as
entendu?

TOBY-CHIEN : Oui, la porte de la cuisine.
Et celle de la salle à manger, à présent. Et
le tiroir aux cuillères... Enfin, enfin, aaah!
(Il bâille.) Je n'en puis plus. Mais où est-
Elle? Le gravier ne crie pas; la nuit va
venir.

KIKI-LA-DOUCETTE, *ironique :* Va la chercher.

TOBY-CHIEN : Et Lui? D'ordinaire, il
s'inquiète, il demande : « Où est-Elle? » Il
gratte le papier. Il a dû boire toute l'eau
violette du petit pot bourbeux. *(Il étire avec
soin toutes ses pattes, en commençant par celles de
devant.)* Ah! je me sens vif et creux! On va
manger. Respire la fumée odorante qui
glisse sous la porte! Jouons!

KIKI-LA-DOUCETTE : Non.

TOBY-CHIEN : Cours, je te poursuivrai
sans te toucher.

KIKI-LA-DOUCETTE : Non.

TOBY-CHIEN : Pourquoi?

KIKI-LA-DOUCETTE : Je n'ai pas envie.

TOBY-CHIEN : Oh! que tu es ennuyeux! Regarde, je saute, je m'encapuchonne comme un petit cheval, je cherche à saisir ma queue coupée, je vire, vire... Dieux! la chambre tourne... Non, c'est fini.

KIKI-LA-DOUCETTE : Quel être insupportable!

TOBY-CHIEN : Insupportable toi-même! Prends garde, je vais te charger comme Elle fait quand Elle est gaie, et qu'Elle crie : « Hà chat! »

KIKI-LA-DOUCETTE, *sans se lever encore, ouvre toute grande, devant Toby qui tournoie, une patte griffue, tachée en dessous de rose et de noir comme une fleur épineuse :* Si tu oses!...

TOBY-CHIEN, *délirant :* Oui, j'ose! Houah! Houah! hà chat, hà chat!

> *Kiki-la-Doucette, exaspéré, bondit, crache et se suspend au tapis de la table. Chute lente du tapis, écroulement de la lampe et des bibelots. Silence épouvanté. Les deux bêtes, aplaties sous un fauteuil, attendent le châtiment.*

LUI, *paraissant au seuil du cabinet de travail, son porte-plume dans la bouche, comme un* mors : Tonnerre de Dieu! Qu'est-ce qu'il y a encore? Cette ménagerie de malheur a tout chambardé ici. Où est Madame? Quelle boîte! on ne peut jamais dîner à l'heure... (etc., etc., etc.)

> *Les deux coupables, qui savent l'inno-*
> *cuité de telles foudres, demeurent plats*
> *comme deux pantoufles et se regardent en*
> *riant muettement à travers les franges du*
> *fauteuil. La porte du jardin s'ouvre.*
> *Elle entre, son panier plein de mirabelles*
> *musquées, les mains poissées de leur sucre,*
> *les cheveux sur les yeux. Elle reste atterrée*
> *devant le désastre.*

ELLE : Oh! ils se sont encore battus! Dieu, quelles sales bêtes! *(Sans conviction.)* Je les donnerai, je les vendrai, je les tuerai...

> *Mais les deux bêtes, traînées sur le*
> *ventre en une humilité exagérée, rampent*
> *jusqu'à Elle et parlent à la fois.*

KIKI-LA-DOUCETTE : Vrrrr... Vrrrain... te voilà... il est bien tard... C'est Toby qui m'a chargé... C'est lui qui a tout cassé... Je crois que l'inanition lui donnait le délire. Tu sens bon l'herbe et le crépuscule. Tu t'es assise sur du serpolet. Viens... Dis à ton Maître, à Lui, qu'il m'emporte sur son épaule vers la viande qui sera trop cuite.

Tu vas découper le poulet très vite, n'est-ce pas ? Tu me garderas les peaux grillées ? Si tu veux, je tendrai jusqu'au plat une patte en cuiller qui sait ramasser les menus débris et les porter à ma bouche, de ce geste humain qui vous fait tant rire, Lui et Toi. Viens...

TOBY-CHIEN : Uiii... uiii... Te voilà ! Enfin, enfin ! Je m'ennuie tant sans toi ! Tu m'as exilé, tu ne m'aimais plus... C'est la lampe qui est tombée toute seule. Viens... J'ai très faim. Mais je consentirai joyeusement à ne pas dîner, si tu veux m'emmener toujours, partout, même dans le crépuscule qui me rend triste, je te suivrai, heureux, mon nez fervent au ras de ta jupe courte...

ELLE, *désarmée, et d'ailleurs indifférente au cataclysme :* Regarde, comme ils sont jolis !

Elle est malade

Une chambre à coucher, à la campagne. Un soleil d'automne à travers les stores baissés. Elle est étendue en robe de laine blanche sur une chaise longue et paraît dormir. Kiki-la-Doucette fait sa toilette sur une étroite console; Toby-Chien veille, couché en sphinx sur le tapis, tout près d'Elle, attentif aux paroles de son maître qui quitte la chambre sur la pointe du pied.

LUI, *sortant, très bas aux deux bêtes :* Chut! ne la réveillez pas. Soyez sages. Je vais écrire en bas.

Il referme la porte sans bruit.

TOBY-CHIEN, *à Kiki-la-Doucette :* Qu'est-ce qu'il a dit?

KIKI-LA-DOUCETTE : Je ne sais pas. Des choses vagues. Des recommandations. Quelque chose comme : restez là, au revoir.

TOBY-CHIEN : Il a dit : « Chut. » Je ne fais pas de bruit pourtant.

KIKI-LA-DOUCETTE, *ironique* : Ils sont
étonnants! « Pas de bruit », disent-ils, et
là-dessus ils s'en vont d'un pas qu'un rat
sourd entendrait de deux kilomètres

TOBY-CHIEN : Il y a du vrai. *(Il contemple
celle qui dort.)* Sa figure est encore bien petite. Elle dort. Si tu descends de cette
console, ne fais pas trop « pouf » exprès, en
tombant.

KIKI-LA-DOUCETTE, *pincé* : C'est toi qui
vas m'apprendre à sauter, à présent? O
donneur de conseils! *(Citant.)* « L'excré-
ment monte à cheval, et encore il s'y
tient! »

TOBY-CHIEN : Quoi?

KIKI-LA-DOUCETTE : Rien. C'est un pro-
verbe oriental. Si je voulais, Chien, trou-
bler le silence de cette chambre, je saurais
habilement choisir, pour m'y laver, une
chaise mal calée, dont les pieds martèle-
raient régulièrement : « Tic-toc, tic-toc,
tic-toc » au rythme de ma langue. C'est un
moyen que j'ai inventé pour me faire
donner la liberté. « Tic-toc, tic-toc », dit la
chaise. Elle, qui lit ou écrit, s'agace vite et
crie : « Tais-toi, Kiki. » Fort de mon bon
droit, je me lave innocemment. « Tic-toc,
tic-toc. » Elle bondit affolée et m'ouvre
grande la porte, que je tarde à franchir,

d'un pas d'exilé... Dehors, je ris de me sentir supérieur à tous.

TOBY-CHIEN, *qui n'a pas écouté, bâillant :* Quelle triste semaine, hein? On ne sait plus ce que c'est qu'une promenade. Depuis qu'Elle est tombée de son cheval, d'ailleurs, je n'ai pas mangé avec plaisir.

KIKI-LA-DOUCETTE : Mon Dieu, on peut aimer les gens et soigner son estomac.

TOBY-CHIEN, *vivement :* Pas moi, pas moi! Quand Elle est tombée de son cheval et qu'Elle a crié, j'ai senti craquer mon cœur.

KIKI-LA-DOUCETTE : Aussi, cela ne pouvait pas finir autrement. On ne monte pas sur un cheval. Personne ne monte sur un cheval! Je ne vois autour de moi qu'extravagance. Le cheval par lui-même est déjà une effrayante monstruosité.

TOBY-CHIEN, *indigné :* Par exemple!

KIKI-LA-DOUCETTE, *péremptoire :* Si. J'en ai étudié un de très près...

TOBY-CHIEN, *à part :* Il me fait rire.

KIKI-LA-DOUCETTE : ... Le cheval du fermier qui pâturait dans le pré. Cette mouvante montagne, un mois durant, a empoisonné mes jours. Caché sous la haie, j'ai vu ses pieds pesants qui déforment le sol, j'ai respiré son odeur vulgaire, écouté son cri grinçant qui secoue l'air... Une fois qu'il mangeait les brindilles basses de la haie, un de ses yeux m'a miré tout entier, et j'ai fui!... De ce jour, ma haine fut si forte que j'espérai follement anéantir le monstre. « Je m'approcherai de lui, pensais-je, je me camperai fermement, et le désir de sa mort sera si fort dans mes yeux qu'il mourra peut-être, ayant rencontré mon regard... »

TOBY-CHIEN, *égayé :* Oui?

KIKI-LA-DOUCETTE, *poursuivant :* Ainsi fis-je. Mais le cheval, que j'attendais frémissant, souffla seulement sur moi par les naseaux un long jet de vapeur bleuâtre, infecte, qui me renversa dans des convulsions atroces.

TOBY-CHIEN, *qui se tord à l'intérieur :* Tu n'exagères pas?

KIKI-LA-DOUCETTE, *sérieux :* Jamais. Et c'est sur un cheval qu'Elle s'en va grimper, cramponnée à quatre ficelles, jambe de-ci, jambe de-là?... Étrange aberration!

TOBY-CHIEN : Nous ne pensons pas de même, Chat. Pour moi, le cheval est, après l'homme, la beauté du monde.

KIKI-LA-DOUCETTE, *vexé :* Et moi, alors?

TOBY-CHIEN, *évasif et courtois :* Toi, tu es un Chat. Mais le cheval! Elle sur un che-

val! groupe admirable, si haut dans l'azur
que je ne le contemple qu'en renversant
mon cou d'apoplectique! Le cheval lui
prête sa vitesse. Elle peut enfin lutter avec
moi à la course, lorsqu'un galop aveugle
m'emporte. Parfois, je les précède, toutes
oreilles flottantes, la langue en drapeau, et
devant moi chemine l'ombre cornue du
cheval. Si je la suis, une poussière odorante
m'encense, cuir chaud, bête moite, un peu
de son parfum à Elle... La route file sous
moi comme un ruban qu'on tire, jalonnée
d'œufs de crottin. O joie d'être si petit et si
rapide dans une grande ombre galopante!
A la halte, je souffle comme un moteur
entre les quatre jambes de mon ami, qui
penche sur moi sa bouche enchaînée et
m'arrose d'un ébrouement amical.

KIKI-LA-DOUCETTE : Évidemment, évidemment. Coursiers généreux, franchis-
sant le mont et le val, et sous leurs fers le
silex étincelle... Tu es le dernier des romantiques.

TOBY-CHIEN : Je ne suis pas le dernier des
romantiques, je suis un petit bull venu au
monde un soir entre les quatre pieds d'une
jument alezane, qui ne s'est pas couchée
pendant toute la nuit, tant elle craignait
d'écraser ma mère et ses nouveau-nés. Un

petit bull, c'est presque un enfant de cheval, ça couche contre les flancs tièdes, dans la chaude litière mêlée de crottin, ça boit dans les seaux de l'écurie, ça se lève au bruit des sabots et ça s'intéresse au lavage des voitures... Jusqu'au jour où Elle est venue me chercher, me choisir — moi, le plus beau, le plus camard, le plus carré de la portée! — pour m'attacher à sa personne... *(Soupirant.)* Et voilà qu'Elle est couchée sans bouger. Je suis triste, car Elle a encore un petit linge autour de la cheville. Tu te souviens, quand Il l'a ramassée dans ses bras? Il la tenait en l'air, Elle qui est si grande au-dessus de moi, comme un petit chien qu'on va noyer...

KIKI-LA-DOUCETTE, *amer :* Je me souviens. J'étais en haut de l'escalier, irrité et curieux du tapage. Il est arrivé sur moi et m'a écarté du pied, ni plus ni moins qu'Il eût fait d'un meuble gênant...

TOBY-CHIEN : ... C'est pour ça que tu es resté trois jours sans entrer dans cette chambre, sa chambre à Elle?

KIKI-LA-DOUCETTE, *hésitant :* Pour cela... et pour autre chose.

TOBY-CHIEN : Quelle chose?

KIKI-LA-DOUCETTE : La fièvre.

TOBY-CHIEN, *fanatique :* Sa fièvre sent encore meilleur que la santé des autres.

KIKI-LA-DOUCETTE, *haussant les épaules :* Et on viendra parler du flair des chiens! Les certitudes des Deux-Pattes reposent sur des fables enfantines. Tu sais bien que la fièvre...

TOBY-CHIEN, *bas :* Oui. Ça fait peur.

KIKI-LA-DOUCETTE : Ça fait peur, froid sur le dos, dégoût dans les narines, inquiétude partout. Au seuil d'une chambre où il y a la fièvre, on s'arrête, on cherche quelqu'un, on craint ce qui est caché... Elle était couchée, seule et brûlante, et je l'ai regardée longtemps, prêt à fuir, en me disant : « Qui donc est avec elle sous les rideaux? Qui l'oppresse et la tourmente, et la fait gémir endormie? »

TOBY-CHIEN, *effrayé rétrospectivement :* Mais il n'y avait personne, dis?

KIKI-LA-DOUCETTE : Personne, sauf Lui, qui, penché, écoutait son sommeil. Lui, plus intelligent que tous les Deux-Pattes de la terre, obscurément averti d'une présence invisible, Lui — et la Fièvre. Je l'ai contemplé, dominant ma répugnance. J'étais mélancolique et jaloux. « Faut-il qu'Il l'aime, pensais-je, pour l'approcher et

la défendre, pour l'embrasser, tout impré-
gnée du mauvais charme! Me prendrait-il
contre son cœur, moi, si... »

TOBY-CHIEN, *impérieux :* Chut!

KIKI-LA-DOUCETTE : Quoi?

TOBY-CHIEN : Elle a bougé.

KIKI-LA-DOUCETTE : Non.

TOBY-CHIEN, *attentif, la regardant :* Non...
Elle n'a pas bougé, mais sa pensée a
remué. Je l'ai sentie. Continue.

KIKI-LA-DOUCETTE, *qui s'est ressaisi :* Je ne
sais plus de quoi nous parlions.

TOBY-CHIEN : De la...

KIKI-LA-DOUCETTE, *vivement :* Assez. Ne
l'évoque plus. La fièvre, c'est le commence-
ment de ce qu'on ne nomme pas.

TOBY-CHIEN, *frissonnant :* Oh! oui. Je
n'aime aucune bête immobile, tu sais de
quelle immobilité je veux parler...

KIKI-LA-DOUCETTE, *riant cruellement :* Moi
non plus. Je ne puis manger que des
oiseaux vivants, ou des souris très petites
dont j'avale le cri...

TOBY-CHIEN : Pourquoi t'amuses-tu à me
faire peur? Je n'ai jamais bien compris
chez toi cette vanité qui consiste à exagérer
une cruauté très réelle... Tu me nommes le

dernier des romantiques, ne serais-tu pas le premier des sadiques?

KIKI-LA-DOUCETTE : O Chien empoisonné de littérature, un éternel malentendu nous sépare. « Je suis un petit bull », répondais-tu, avec la sincérité obtuse qui me désarme. A mon tour, laisse-moi te dire : « Je suis un Chat. » Ce nom seul me dispense... Une haine est en moi contre la souffrance, la laideur, — une détestation impérieuse de ce qui choque ma vue ou simplement mon bon sens. Animé d'une juste colère, je me suis rué sur le chat du concierge qui traînait en criant une patte blessée... Jusqu'à ce qu'il se tût, j'ai...

TOBY-CHIEN, *suppliant* : Ne me le dis pas!

KIKI-LA-DOUCETTE, *s'échauffant* : Ah! comprends donc enfin! Si le récit affaibli de ce que j'ai fait te bouleverse, comprends donc que j'ai voulu supprimer du monde, anéantir, en cette bête ensanglantée, l'image même, l'image menaçante de mon inévitable mort...

Ils se taisent un long moment.

KIKI-LA-DOUCETTE, *frissonnant du dos* : La claustration ne nous vaut rien... J'irais volontiers, sous le doux soleil sans force, « faire la bayadère » parmi le gravier sec

et les feuilles comme des pommes frites.
Dehors tout est jaune! Mes yeux verts
deviendront jaunes à force de mirer le
soleil roux et les futaies enflammées. Je ne
veux plus penser qu'à tout ce qui est jaune
et joyeux, au froid et bel automne, à l'aube
rouge dont la couleur reste aux feuilles des
cerisiers... Viens! éprouvons la vigueur de
nos pattes, sentons jusqu'au fond de nous-
mêmes notre jeunesse encore neuve... Peut-
être que la mort ne viendra jamais?...

> *Il saute sans aucun bruit au bas de la
> console.*

TOBY-CHIEN, *l'arrêtant :* Que vas-tu faire?

KIKI-LA-DOUCETTE : Gratter à la porte et
entonner la Plainte du séquestré.

TOBY-CHIEN, *désignant celle qui dort :* Et la
réveiller sans doute?

KIKI-LA-DOUCETTE, *embêté :* Je chanterai
à demi-voix.

TOBY-CHIEN : Et tu gratteras à demi-
ongles? Reste tranquille, Il l'a ordonné
en partant.

KIKI-LA-DOUCETTE, *hautain :* M'ordonne-
t-il? Il me prie. C'est la seule raison que
j'aie de lui obéir, d'ailleurs.

> *Il se rassoit, en apparence résigné, et
> bâille longuement.*

TOBY-CHIEN, *bâillant* : Tu me fais bâiller.

KIKI-LA-DOUCETTE : Non, mais tu t'ennuies. *(Tentateur.)* Tu penses à la liberté... Une poule a pu s'échapper du poulailler, quelle chasse...

TOBY-CHIEN : Tu crois ?

KIKI-LA-DOUCETTE : Je dis : peut-être. Le terrier du lapin, as-tu fini de l'explorer ?

TOBY-CHIEN, *agité* : Non... il est si profond ! Je l'ai creusé hier, à m'y ensevelir... La terre collait à mon museau avec des poils de la bête...

KIKI-LA-DOUCETTE, *de plus en plus méphistophélique* : Tu finiras cela demain... ou un autre jour.

TOBY-CHIEN, *triste* : Pourquoi pas l'an prochain ?

KIKI-LA-DOUCETTE : Qu'est-ce que tu as ? Ta lèvre noire et vernie pend d'une aune et tes yeux de crapaud miroitent de larmes... Tu pleures ?

TOBY-CHIEN, *reniflant* : Non...

KIKI-LA-DOUCETTE : Console-toi, sensible cœur. Tu retrouveras tes plaisirs et tes amis. En ce moment même la chienne du fermier croque des os dans la cuisine, pour tromper l'attente où tu la laisses, sans doute.

TOBY-CHIEN, *atterré :* La chienne... oh!

KIKI-LA-DOUCETTE : D'ailleurs, elle n'est pas seule, le danois du garde lui tient compagnie.

TOBY-CHIEN, *révolté :* Ça n'est pas vrai.

KIKI-LA-DOUCETTE : Vas-y voir.

TOBY-CHIEN, *après un bond vers la porte :* Non, ça ferait du bruit.

KIKI-LA-DOUCETTE : C'est juste.

> *Silence morne. Toby-chien se couche en turban et ferme les yeux parce qu'il a envie de pleurer. Son souffle court sanglote tout bas.*

KIKI-LA-DOUCETTE, *comme distrait, en mélopée presque insaisissable :* La chienne... la petite chienne... les os, la petite chienne... le lapin, le terrier... le danois, la petite chienne... les os du gigot, le poil du lapin...

TOBY-CHIEN *supporte d'abord héroïquement son supplice, puis ses nerfs le trahissent et il hurle, tête levée, la longue plainte du chien abandonné :* Hôôôôôôô!...

KIKI-LA-DOUCETTE, *du haut de sa console :* Tais-toi donc!

TOBY-CHIEN : Hôôôôôôô!! ôôôô...ôô!

KIKI-LA-DOUCETTE, *à part :* Ça y est.

Et pendant qu'Elle s'éveille égarée, encore prisonnière de ses rêves, le Chat écoute patiemment s'approcher, dans l'escalier, la liberté pour lui, le châtiment pour l'autre.

Le premier feu

Parce qu'il pleut et que le vent d'octobre chasse dans l'air les feuilles trempées, Elle a allumé dans la cheminée le premier feu de la saison. En extase, Kiki-la-Doucette et Toby-Chien, couchés côte à côte au coin du marbre tiède, s'éblouissent à contempler la flamme et lui dédient des prières intérieures.

KIKI-LA-DOUCETTE, *pareil à un coussin, sans pattes apparentes :* Feu! te voici revenu, plus beau que mon souvenir, plus cuisant et plus proche que le soleil! Feu! que tu es splendide! Par pudeur, je cache ma joie de te revoir, je ferme à demi mes yeux où ta lumière amincit la prunelle, et rien ne paraît sur ma figure où est peinte l'image d'une pensée fauve et brune... Mon ronron discret se perd dans ton crépitement. Ne pétille pas trop, ne crache pas d'étincelles sur ma fourrure, sois clément, Feu varié, que je puisse t'adorer sans crainte...

TOBY-CHIEN, *à moitié cuit, les yeux injectés,
la langue pendante* : Feu! feu divin! te
revoici! Je suis bien jeune encore, mais je
me souviens de ma terreur respectueuse, la
première fois que sa main, à Elle, t'éveilla
dans cette même cheminée. La vue d'un
dieu aussi mystérieux que toi a de quoi
frapper un chien-enfant, à peine sorti de
l'écurie maternelle. O Feu! je n'ai pas
perdu toute appréhension. Hiii! tu as
craché sur ma peau une chose piquante et
rouge... J'ai peur... Non, c'est fini.

Que tu es beau! Ton centre plus rose
darde des lambeaux d'or, des jets vifs d'air
bleu, une fumée qui monte tordue et
dessine d'étranges apparences de bêtes...
Oh! que j'ai chaud! Sois plus doux, Feu
souverain, vois comme ma truffe séchée
se fendille et craque... Mes oreilles ne
flambent-elles point? Je t'adjure d'une
patte suppliante, je gémis d'une volupté
insupportable... je n'en puis plus!... *(Il se
retourne.)* Ah! rien n'est jamais bon tout à
fait. Sous la porte, la bise pince mes cuisses
nues. Tant pis! que mon derrière gèle,
pourvu que je t'adore en face!

KIKI-LA-DOUCETTE : Je sais — puisque je
suis Chat — tout ce qui vient derrière
toi, Feu. Je prévois l'hiver, que j'accueille

d'une âme inquiète, mais non sans plaisir.
En son honneur, ma robe déjà croît et
s'embellit. Mes rayures brunes deviennent
noires, ma palatine blanche s'enfle en jabot
éclatant, et le poil de mon ventre passe
en beauté tout ce qui s'est vu jamais.
Que dire de ma queue, évasée en mas-
sue, alternativement annelée de fauve,
noir, fauve, noir, fauve, noir ? Hors de
mes oreilles s'érigent deux aigrettes ines-
timables, sensibles, et qu'Elle nomme mes
boucles d'oreilles... Quelle chatte me résis-
terait ? Ah ! les nuits de janvier, les séré-
nades sous la lune glacée, l'attente digne
au faîte d'un toit, la rencontre du rival sur
l'étroite passerelle d'un mur... mais je me
sens plus fort que tous ! J'agiterai ma queue
je renverserai mes oreilles sur ma nuque, je
halèterai tragiquement par les narines,
comme pour vomir — puis ma voix s'élè-
vera, modulée infiniment, puissante jusqu'à réveiller les Deux-Pattes endormis.
Je vociférerai je larmoierai, j'arpenterai
le jardin, gonflé, les coudes en dehors, et
simulant la folie pour épouvanter les matous !

TOBY-CHIEN : Je n'ignore pas, Feu —
puisque je suis Chien — les vicissitudes et
les joies que tu présages. Déjà il pleut dans

le jardin. Je crois qu'il pleut aussi sur la
route et dans le bois. L'eau qui tombe n'a
plus la tiédeur des orages de l'été, alors
que ma truffe, grise de poussière, se délec-
tait à l'odeur humide qui venait de l'ouest.
Le ciel est inquiet, et le vent grandit assez
pour soulever droits les pavillons de mes
oreilles. Un chant pointu, pareil au mien
quand j'implore, passe sous la porte. Tu
luiras tous les jours, Feu; mais de quelles
souffrances faudra-t-il que j'achète le droit
de t'adorer! Car Elle continuera d'errer,
la tête couverte d'un capuchon cornu qui
la change et m'effraie; Elle chaussera des
pieds de bois et écrasera insoucieusement
les petites flaques, les mottes bourbeuses,
la mousse en pleurs. Je la suivrai, puisque
j'ai promis de la suivre toute ma vie (et
qu'aussi bien je ne pourrais faire autrement), je la suivrai, désolé, piteux, verni
d'eau, le ventre en croûtes de sable, jusqu'à
ce que l'excès même de ma misère me fasse
oublier tout, et que je batte les taillis,
occupé de chaque pli de l'herbe, âpre à réveiller les odeurs noyées... Elle deviendra
communicative à me voir m'activer et
nous parlerons : « Ha! Toby-Chien, dira-
t-Elle, ha! ha! l'oiseau, là! Sur la branche,
cruchon! Il est parti à présent. » Elle s'api-
toiera, pour m'amener à une émotion

proche des larmes : « O mon tout petit
noir, mon cylindre sympathique, mon
amour batracien, comme tu as froid,
comme tu es mouillé, comme tu es triste,
comme tu souffres, ôôô! » Avant que je
puisse discerner si sa pitié est sincère, mes
yeux se fondront en eau et ma gorge serrée
n'émettra plus que des gémissements frères
des siens...

Mais quelle ivresse, quand ses capricieux
pieds de bois retourneront vers la Maison,
pressés de retrouver Lui qui gratte le papier, trop lents à mon gré! Je l'environne-
rai de bonds et de cris, vibrant de voir
diminuer le coteau et raccourcir la pente,
de sentir l'admirable odeur d'écurie et de
bois brûlé qui rapproche de nous le gîte. A
travers la vitre embuée, tu luiras enfin, Feu,
et j'aurai franchi le seuil à peine qu'un foudroyant sommeil me terrassera devant toi,
toi qui mueras en poudre fine les croûtes
de mon ventre, en fumante vapeur l'eau
des chemins, toi, Feu, toi, Soleil!

KIKI-LA-DOUCETTE : Une douceur brûlante pénètre ma robe jusqu'aux duvets
fins et grêles, soies sous les soies, fils impal-
pables et sans couleur qui protègent ma
peau délicate. J'enfle comme un nuage. Je
dois remplir la chambre. Des tressaille-

ments électriques, précurseurs du sommeil,
agitent mes raides moustaches. Pourtant je
ne dors pas encore, car la saison qui vient et
ta splendeur, Feu, me troublent ensemble.
Il pleut. Je ne sortirai pas. Discrètement, j'irai me confier au plat de sciure,
pourvu que personne ne me regarde.
Certes, la terre friable inspire plus excel-
lemment, odorante et qui cède aux griffes...
Mais ma nature supérieure connaît les
longues contentions, et méprise ce chien
hydraulique qui lève la patte contre tout.
Je ne sortirai pas. J'attendrai le soleil ou le
vent sec, ou mieux la gelée. Ah! l'excita-
tion du froid piquant, qui cingle en poi-
gnées d'aiguilles mes poumons, fait de mon
nez charmant un bonbon glacé!... Le spiri-
tuel démon du gel soufflera en moi sa
démence. Elle rira, et Lui aussi, quittant
son papier, de me voir rivaliser en bonds,
en voltes, en tourbillonnements fols, avec
les feuilles. Serai-je un Chat, ou le lam-
beau flottant d'une fumée ébouriffée? En
haut d'un arbre! En bas! Puis sept tours
après ma queue! Puis saut périlleux
d'avant en arrière! Saut vertical avec tor-
tillement aérien du ventre! Giration, éternuements, course à travers le réel et le rêve,
jusqu'à l'épouvante de moi-même!... Arrêt
brusque : et tout tourne à mes yeux, ronde

d'un monde nouveau dont je suis le centre immobile... Dans mon égarement sans conviction, j'exhalerai un petit meuglement de vache et Ils accourront, Elle riant, et Lui croyant à une angoisse intestinale... Cela suffira à me dégriser, et c'est d'un front assuré, d'un pas noble que je regagnerai ce coussin près de ton autel, Feu!

TOBY-CHIEN : La pierre du foyer brûle les plantes cornées de mes pattes. Que faire? M'éloigner? jamais! Plutôt périr par la cuisson que quitter ce bonheur redoutable!... Pourvu qu'Elle ne vienne pas tout de suite! Je crains justement la lanière du fouet et les paroles magiques qui promettent l'exil : « Toby, c'est stupide! Je te défends de te rôtir. Tu auras mal aux yeux et tu t'enrhumeras en sortant!... » C'est ainsi qu'Elle parle, tandis que je m'applique à la regarder d'un obtus air dévot dont Elle n'est point la dupe. J'écoute les bruits du premier étage, et son pas qui va et vient... Sa fantaisie vagabonde est-elle enfin lassée? Ce matin, Elle m'a sifflé, et ma hâte à lui obéir fut telle que je roulai au bas des escaliers, car je suis court et carré, avec peu de pattes, point de nez et nulle queue pour faire balancier... Nous partîmes. Le bout flexible des branches

berçait les dernières pommes. Ma voix
heureuse, les cris de gaîté qu'Elle jetait
parfois, le chant vain des coqs, le grince-
ment des chars sur la route, — tous les
bruits flottaient portés sur l'ouate un peu
suffocante et bleue du brouillard... Elle
m'emmena loin, et notre chemin fut fertile
en merveilleux incidents : rencontre de
chiens géants et terribles que ma mine fière
exaspéra, mais que je sus contenir d'un seul
regard (une grille fermée les réduisait
d'autre part à l'impuissance), poursuite fer-
vente d'un lapin sous les taillis, encore
qu'Elle criât très fort : « Je te défends ! Je te
défends de toucher à cette petite bête !... »
Ma mère m'a doué de pattes rapides, certes,
mais courtes : la bête au derrière blanc me
distança. Un buisson chargé de baies rouges
nous retint bien longtemps ! Elle se repaît
volontiers d'objets inconnus. Grande est
ma foi en Elle, et je pourrais attester que
j'ai goûté de tout ce qu'Elle m'a offert.
Mais ce matin... « Mange, Toby, c'est des
senelles. Mange, voilà des gratte-cul... Oh !
serin ! comment peux-tu ne pas raffoler de
ce goût cuit et allègre ! Je t'assure, ce sont
des confitures pas greffées !... » Je mâchai,
par déférence, une boule rougeâtre où sa
main, taquine à coup sûr, sema des poils
rêches... ce qui devait arriver arriva... Kha !

une nausée rejeta de mon gosier l'ordure
nommée gratte-cul...

Feu, entends-moi! Ce que je vis ensuite,
sous un bois bruissant de feuilles empesées,
passe mon intelligence. T'avait-Elle em-
porté sous sa mante? Ou bien les dieux
comme toi accourent-ils à son geste? J'ai
vu, Feu, j'ai vu ses mains édifier le bûcher,
disposer mystérieusement les pierres plates,
puis l'étincelle jaillir, et ton âme joyeuse
palpiter, grandir, s'élancer rose et nue, se
voiler de fumée, péter belliqueusement,
agoniser et disparaître... Le monde est
plein de choses incompréhensibles...

Enfin, au retour, près de la grille du
parc, je découvris, moi le premier, moi
avant Elle, un de ces animaux inexpu-
gnables dont la vue seule met toute ma
race aux abois, un hérisson. O fureur! sentir que sous cette pelote une bête se cache
et rit de moi, que je ne puis rien, rien, rien!
Je l'implorai, Elle qui peut presque tout,
de m'éplucher ce hérisson. Très attentive,
Elle s'occupa d'abord de le retourner avec
un petit bâton, comme une châtaigne :
« C'est étonnant, dit-Elle, je ne peux pas
trouver le dessus! » Entre deux doigts, par
un piquant, Elle l'emporta jusqu'ici — je
dansais derrière Elle — et le déposa au fond
de son panier à ouvrage... Bientôt, la bête

abhorrée se déroula, pointa un museau
porcin, ouvrit deux yeux luisants de rat, se
hissa debout, cramponnée de deux pattes
griffues de taupe : « Qu'il est joli! s'écria-
t-Elle, un vrai petit cochon noir! » Je gémissais de convoitise au pied de la table, mais
Elle ne m'éplucha point la bête, ni alors ni
jamais, et peut-être que la cuisinière l'a
mangée. Peut-être que ce chat dissimulé,
narquois... Assez de soucis. Mon cœur trop
sensible s'exalte, et souvent m'étouffe un
peu... Ne pensons pas. La vie est belle, Feu,
puisque tu l'éclaires... Je m'endors... Garde
bien, ô Feu, ma dépouille que la pensée va
quitter... Je m'endors...

KIKI-LA-DOUCETTE : On dirait que je dors
parce que mes yeux s'effilent jusqu'à sembler le prolongement du trait velouté,
coup de crayon hardi, maquillage oriental
et bizarre, qui unit mes paupières à mes
oreilles. Je veille pourtant. Mais c'est une
veille de fakir, une ankylose bienheureuse
d'où je perçois tout bruit et devine toute
présence... Mes yeux privilégiés, Feu, te
contemplent mieux lorsque je les clos, et je
puis compter les essences diverses que tu
mêles en bouquet étincelant. Voici, flamme
mauve, bleue et brûlante, l'esprit d'un ra-
meau de thuya. Hier encore, cette branche,

qui tord son squelette délicat de ramilles, berçait sur l'allée son ombre plate en plumeau; Elle l'a tranchée d'un coup de sécateur, pourquoi? peut-être pour que s'exhalât son âme mauve et bleue et brûlante? Car elle se plaît comme moi à ta danse, Feu, et châtie ton repos d'une pincette sévère. Que lit-Elle, la tête penchée, et les bras glissés le long d'Elle, dans ton cœur compliqué comme une rose embrasée? J'ignore. Elle sait beaucoup, assurément, mais moins qu'un Chat.

Ce pleur épais au long d'une bûche, c'est l'agonie d'un très ancien sapin, que le lierre patient a tué. J'ai vu l'arbre, la cognée, une rousse chevelure morte abattue dans l'herbe, il n'y a pas longtemps. Son tronc pleure une résine qui se traîne en bave, puis en flamme rampante et lourde, mais la rousse chevelure sèche casse en traits de feu vif, siffle et darde mille jets multicolores, au-dessous d'une vague ample et dorée, qui se roule voluptueuse comme la chatte que j'aimerai...

L'amour... la chasse... la guerre... c'est toi, Feu, qui les allumes au fond de moi. Les bêtes ailées déjà se rapprochent, inquiètes des baies flétries. Je les aurai! Je guetterai, immobile sous le taillis, souhaitant frénétiquement que la terre elle-même me cache. Dans mon désir de l'élan, les muscles de mes cuisses tressailliront, mon menton tremblera, et pourvu que mon affût ne se trahisse pas par un appel chevroté, irrépressible, qui les effraierait tous en un grand bruit froissé d'ailes et de branches!... Non, Je suis maître de moi. Un bond à la seconde juste : et la proie faible halète sous moi... Toutes petites serres impuissantes, ailes pointues qui battent mon visage crispé, effort risible d'une bête sans force... Pour la seule joie de contenir un corps affolé et vivant, ma gueule se fendra jusqu'à froncer de trois plis féroces mon nez parfait... Et l'ivresse guerrière, le caracolement victorieux, la nuque secouée pour déchirer un peu, très peu, l'oiseau qui s'évanouirait trop vite entre mes dents... Formidable, je galoperai vers la Maison, chantant d'une voix étranglée sans desserrer les mâchoires, car il faut que Lui, quittant son papier, accoure et m'admire; qu'Elle, consternée, me poursuive vainement avec des cris : « Méchant! Sauvage! Laisse l'oiseau, oh! je t'en prie, tu me fais tant de peine... » Ha! il faut qu'Elle n'ait jamais chassé...

Je veux, Feu, pendant que régnera le froid, étonner l'univers. Le Chat qui habite la ferme (Elle dit « le Chat du fermier »

comme nous disons « le fermier du Chat »),
celui qui est mal vêtu, juché sur de longues
pattes, enlaidi d'un museau de belette,
celui-là aiguise ses griffes en me regardant.
Patience. Il est fort, dénué d'élégance, brutal et indécis. Une porte qui claque l'épouvante et la panique l'emporte, oreilles au
dos ; mais je l'ai vu tuer silencieusement
une poule de taille honnête. Pour les yeux
faux de la chatte trop jeune, ou bien pour
une question de préséance sur le mur du
jardin, pour une parole à double entente,
pour rien, pour le plaisir, nous nous mesu-
rerons. Il saura que je puis démoraliser
mon ennemi par un mutisme inexplicable,
aussi bien que par des cris d'assassinat. Le
mur bas du jardin me paraît un terrain
commode. Qu'il essaie, la gorge enrouée,
de gémir bas, puis aigu, que sa face dis-
graciée, son corps pelé, taché de travers,
se disloquent en une ataxie mensongère
(ils sont encore à ces vieux moyens !), moi,
impénétrable, je darderai sur lui le magné-
tisme vert de mes yeux magnifiques. Sous
l'insistant outrage, il baissera ses sourcils,
frémira de l'échine, esquissera même notre
vieille danse de guerre, en avant, puis à
reculons, puis en avant encore... Je ne
bougerai non plus qu'une statue de Chat.
L'épouvante et la folie descendront sur

mon rival, dans le vert maléfice de mon
regard, et bientôt je le verrai se tordre,
crier faux, hasarder enfin l'équilibre sur la
nuque, en poirier fourchu, pour rouler
honteusement dans le champ de pommes
de terre flétries...

Tout cela, Feu, arrivera comme je te le
dis. Aujourd'hui, l'avenir éclôt à ta flamme
toute neuve. Je m'engourdis... Mon ronron
s'éteint avec ton crépitement... Je te vois
encore et je vois déjà mes rêves... Le bruit
soyeux de la pluie caresse les vitres et la
gorge de la gouttière sanglote comme un
pigeon...

Ne t'éteins pas durant mon somme, Feu;
tu gardes, souviens-t'en, cet auguste repos,
cette mort délicate qu'on appelle le Sommeil du Chat...

L'orage

*Une suffocante journée d'été, à la campagne.
Derrière les persiennes mi-fermées, la maison
se tait, comme le jardin angoissé où rien ne
bouge, pas même les feuilles pendantes et éva-
nouies du mimosa à feuilles de sensitive.*

*Kiki-la-Doucette et Toby-Chien commencent à
souffrir et à deviner l'orage, qui n'est encore
qu'une plinthe bleu ardoise, peinte épaissement
en bas de l'autre bleu terne du ciel.*

TOBY-CHIEN, *couché, et qui change de flanc
toutes les minutes :* Ça ne va pas, ça ne va pas.
Qu'est-ce que c'est que cette chaleur-là ?
Je dois être malade. Déjà, à déjeuner,
la viande me dégoûtait et j'ai soufflé
de mépris sur ma pâtée. Quelque chose
de funeste attend quelque part. Je n'ai
rien commis que je sache répréhensible,
et ma conscience... Je souffre pourtant.
Mon compagnon, couché, frémit longue-

ment et ne dort point. Son souffle pressé dénonce un trouble pareil au mien... Chat?

KIKI-LA-DOUCETTE, *crispé, très bas* : Tais-toi.

TOBY-CHIEN : Quoi donc? Tu écoutes un bruit?

KIKI-LA-DOUCETTE : Non. Oh! dieux, non! Ne me parle même pas de bruit, d'aucun bruit; au son seul de ta voix, la peau de mon dos devient semblable aux vagues de la mer!

TOBY-CHIEN, *effrayé* : Vas-tu mourir?

KIKI-LA-DOUCETTE : J'espère encore que non. J'ai la migraine. Ne perçois-tu pas, sous la peau presque nue de mes tempes, sous ma peau bleuâtre et transparente de bête racée, le battement de mes artères? C'est atroce! Autour de mon front, mes veines sont des vipères convulsées, et je ne sais quel gnome forge dans ma cervelle. Oh! tais-toi! ou du moins parle si bas que la course de mon sang agité puisse couvrir tes paroles...

TOBY-CHIEN : Mais c'est ce silence même qui m'accable! Je tremble et j'ignore. Je souhaite le bruit connu du vent dans la cheminée, le battement des portes, le chuchotement du jardin, le sanglot de source qui est la voix continue du peuplier, ce mât feuillu de monnaies rondes...

KIKI-LA-DOUCETTE : Le vacarme viendra assez tôt.

TOBY-CHIEN : Le crois-tu ? Leur silence, à Eux, m'effraie davantage. Qu'Il gratte le papier, Lui, c'est l'usage. Un usage révéré et inutile. Mais Elle ! tu la vois, prostrée en son fauteuil de paille ? Elle a l'air de dormir, mais je vois remuer ses cils et le bout de ses doigts. Elle ne siffle pas, ne chante pas, oublie de jouer avec les pelotes de fil. Elle souffre comme nous. Est-ce que ce serait la fin du monde, Chat ?

KIKI-LA-DOUCETTE : Non. C'est l'orage, Dieux ! que je souffre. Quitter ma peau et cette toison où j'étouffe ! me jeter hors de moi-même, nu comme une souris écorchée, vers la fraîcheur ! O chien ! tu ne peux voir, mais je les sens, les étincelles dont chacun de mes poils crépite. Ne m'approche pas : un trait bleu de flamme va sortir de moi...

TOBY-CHIEN, *frissonnant* : Tout devient terrible. *(Il rampe péniblement jusqu'au perron.)* Qu'a-t-on changé dehors ? Voilà que les arbres sont devenus bleus, et que l'herbe étincelle comme une nappe d'eau. Le funèbre soleil ! Il luit blanc sur les ardoises, et les petites maisons de la côte ressemblent à des tombes neuves. Une odeur rampante sort des daturas fleuris. Ce lourd parfum d'amande amère, que laissent couler leurs cloches blanches, remue mon cœur jusque dans mon estomac. Une fumée lointaine, lasse comme l'odeur des daturas, monte avec peine, se tient droite un instant et retombe, aigrette vaporeuse rompue par le bout... Mais viens donc voir! *(Kiki-la-Doucette marche jusqu'au perron d'un pas ataxique.)* Oh! mais, toi aussi, on t'a changé, Chat! Ta figure tirée est celle d'un affamé, et ton poil, plaqué ici, rebroussé là, te donne une piteuse apparence de belette tombée dans l'huile.

KIKI-LA-DOUCETTE : Laisse tout cela. Je redeviendrai digne de moi-même demain, si le jour brille encore pour nous. Aujourd'hui, je me traîne, ni peigné ni lavé, tel qu'une femme que son amour a quittée...

TOBY-CHIEN : Tu dis des choses qui me désolent! Je crois que je vais crier, appeler du secours. Il vaut mieux peut-être me réfugier en Elle, quêter sur sa figure le réconfort que tu me refuses. Mais Elle semble dormir dans son fauteuil de paille et voile ses yeux, dont la nuance est celle de mon destin. D'une langue respectueuse, promenée à peine sur ses doigts pendants,

je l'éveille. Oh! que sa première caresse
dissipe le maléfice!

Il lèche la main retombante.

ELLE, *criant :* Ah!... Dieu, que tu m'as
fait peur! On n'est pas serin comme cette
bête... Tiens! *(Petite tape sèche sur le museau
du coupable, dont l'énervement éclate en hurle-
ments aigus.)* Tais-toi, tais-toi! Disparais de
ma présence! Je ne sais pas ce que j'ai,
mais je te déteste! Et ce chat qui est là à
me regarder comme une tortue!

KIKI-LA-DOUCETTE, *hérissé :* Si Elle me
touche, je la dévore!

    *Ça va très mal finir... quand un roule-
ment doux, lointain et proche, dont on ne
sait s'il naît de l'horizon ou s'il sourd de la
maison elle-même, les désintéresse tous trois
de la querelle. Comme obéissant à un signe,
Toby-Chien et Kiki-la-Doucette, le train
de derrière bas, s'abritent, qui sous la bibliothèque, qui sous un fauteuil. Elle se
détourne, inquiète, vers le jardin plombé,
vers la muraille violacée des nuages qui,
tout à coup, se lézarde de feu bleu aveu-
glant.*

ELLE, TOBY-CHIEN, KIKI-LA-DOUCETTE, *ensemble :* Ha!

Au sec fracas qui éclate, les vitres
tintent. Un souffle, soudain accouru, enve-
loppe la maison comme une étoffe claquante,
et tout le jardin se prosterne.

ELLE, *angoissée :* Mon Dieu! et les
pommes!

TOBY-CHIEN, *invisible :* On me découpe-
rait les deux oreilles en lanières plutôt que
de me faire sortir de là-dessous.

KIKI-LA-DOUCETTE, *invisible :* Malgré moi,
j'écoute, et c'est comme si je voyais. Elle se
précipite et ferme les fenêtres. On court
dans l'escalier... Aïe! encore une flamme
terrible... Et tout s'écroule par-dessus! Plus
rien... Sont-ils tous morts? Entre les franges
du fauteuil, j'aperçois, en risquant de mourir, les premiers grêlons, graviers glacés
qui trouent les feuilles de l'aristoloche. La
pluie maintenant, en gouttes espacées, couleur d'argent, si lourdes que le sable se
gaufre sous leur chute...

ELLE, *navrée :* J'entends tomber les
pêches, et les noix vertes!

Ils se taisent tous trois. Pluie, éclairs
palpitants, abois du vent, sifflement des
pins. Accalmie.

TOBY-CHIEN : On dirait que j'ai un peu
moins peur. Le bruit de la pluie détend

mes nerfs malades. Il me semble en sentir
sur ma nuque, sur mes oreilles, la ruisse-
lante tiédeur. Le vacarme s'éloigne. Je
m'entends respirer. Un jour plus blanc
glisse jusqu'à moi sous cette bibliothèque.
Que fait-Elle? Je n'ose encore sortir. Si
au moins le Chat bougeait! *(Il avance une
tête prudente de tortue; un éclair le rejette sous la
bibliothèque.)* Ha! ça recommence. La pluie
en paquets contre les vitres! Le tablier de
la cheminée imite le roulement d'en haut;
tout s'écroule... et Elle m'a donné une
tape sur le nez!

KIKI-LA-DOUCETTE : Goutte à goutte, de
la fenêtre mal jointe, filtre un petit ruisseau
brunâtre qui s'allonge sur le parquet, s'allonge, s'allonge et serpente jusqu'à moi. J'y
boirais, tant j'ai soif et chaud. J'ai les
coudes fatigués. Fatiguées aussi sont mes
oreilles, de s'agrandir en girouettes vers
tous les cataclysmes. Une peur nerveuse
serre encore mes mâchoires. Et puis le
siège de ce fauteuil trop bas m'agace les
poils du dos. Mais c'est un soulagement
déjà de pouvoir penser à cela, grâce à la
trêve de silence qui descend sur la maison.
Le souvenir du fracas bourdonne dans mes
oreilles, avec le murmure affaibli du vent
et de la pluie. Que fait-il, Lui que l'orage

tourmente comme nous et qui n'a point
paru pour réduire les éléments déchaînés?
Voici qu'Elle ouvre la porte sur le perron.
N'est-ce point trop tôt?... Non, car les
poules caquettent et prédisent le beau
temps en enjambant les flaques avec des
cris de vieilles filles. Oh! l'odeur adorable
qui vient jusqu'ici, si jeune, si verte de
feuillages mouillés et de terre désaltérée,
si neuve que je crois respirer pour la
première fois!

Il sort en rampant et va jusqu'au perron.

TOBY-CHIEN, *tout à coup :* Hum! que ça
sent bon! ça sent la promenade! Tout
change si vite qu'on n'a pas le temps de
penser. Elle a ouvert la porte? Courons.
(Il se précipite.) Enfin! enfin! le jardin a
repris sa couleur de jardin! Une tiède
vapeur mouille mon nez grenu, je sens
dans tous mes membres le désir du bond et
de la course. L'herbe luit et fume, les
escargots cornus tâtent, du bout des yeux,
le gravier rose, et les limaces, chinées de
blanc et de noir, brodent le mur d'un
ruban d'argent. Oh! la belle bête, dorée et
verte, qui court dans le mouillé! La rat-
traperai-je? Gratterai-je de mes pattes on-
glées sa carapace métallique jusqu'à ce
qu'elle crève en faisant *croc?* Non. J'aime

mieux rester contre Elle, qui, appuyée à la porte, respire longuement et sourit sans parler. Je suis heureux. Quelque chose en moi remercie tout ce qui existe. La lumière est belle, et je suis tout à fait certain qu'il n'y aura plus jamais d'orage.

KIKI-LA-DOUCETTE : Je n'y tiens plus, je sors. Mes pattes délicates choisiront pour s'y poser, entre les flaques, de petits monticules déjà secs. Le jardin ruisselle, scintille et tremble d'un frisson à peine sensible, qui émeut les pierreries partout suspendues... Le soleil couchant, qui darde d'obliques pinceaux, rencontre dans mes yeux pailletés les mêmes rayons rompus, or et vert. Au fond du ciel encore bouleversé, une étincelante épée, jaillie d'entre deux nuages, pourchasse vers l'est les croupes fumeuses et bleuâtres, dont le galop roula sur nos têtes. L'odeur des daturas, qui rampait, s'envole, enlacée à celle d'un citronnier meurtri de grêle. O soudain Printemps! Les rosiers se couronnent de moucherons. Un sourire involontaire étire les coins de ma bouche. Je vais jouer, le cou tendu pour éviter les gouttes d'eau, à me chatouiller l'intérieur des narines avec la pointe d'une herbe parfumée. Mais je voudrais qu'Il vînt enfin et me suivît, en admirant chacun de mes mouvements. Ne viendra-t-il pas se réjouir avec nous ?

On entend fredonner le motif du Regens-bogen *: sol, si, ré, sol, la, si, — avec des bémols partout. — Une porte s'ouvre et se referme. Sous la chevelure mouillée de vigne, et de jasmin qui encadre la véranda, Il paraît, en même temps que l'Arc-en-ciel!*

Une visite

Un après-midi à Paris, l'hiver. Un atelier tiède où crépite doucement un poêle en forme de tour. Kiki-la-Doucette et Toby-Chien, celui-ci par terre, celui-là sur un coussin sacré, procèdent à la minutieuse toilette qui suit les siestes longues. La paix règne.

TOBY-CHIEN : Mes ongles poussent plus vite ici qu'à la campagne.

KIKI-LA-DOUCETTE : Moi, c'est le contraire.

TOBY-CHIEN : Tiens!

KIKI-LA-DOUCETTE, *amer :* Ça n'a rien d'étonnant, d'ailleurs. Ici, Elle me les rogne, à cause des tentures... Enfin! *(Emphatique.)* il faut subir ce qu'on ne peut empêcher.

TOBY-CHIEN : Qu'est-ce que tu fais aujourd'hui?

KIKI-LA-DOUCETTE : Mais... rien.

TOBY-CHIEN, *ironique :* Pour changer.

KIKI-LA-DOUCETTE : Pardon, pour ne pas changer. Quelle est cette rage de changement qui vous possède tous? Changer, c'est détruire. Il n'y a d'éternel que ce qui ne bouge pas.

TOBY-CHIEN : Voilà déjà bien trois heures que je suis éternel.

KIKI-LA-DOUCETTE : Tu es sorti avec Elle, pourtant? Vous êtes rentrés tous deux en tumulte, avec des bruits de grelots secoués, de robe froissée, des éternuements de joie... Tu étais nimbé d'air glacé, et j'ai senti le bout de son nez froid comme un fruit, quand Elle m'a embrassé sur mon front plat, où des rayures presque noires écrivent l'M classique qui, assure-t-Elle, signifie Minet et Miaou.

TOBY-CHIEN : Oui... on a bien couru sur le talus des fortifications. Et puis nous sommes allés dans un magasin.

KIKI-LA-DOUCETTE : C'est gai, un magasin?

TOBY-CHIEN : Pas souvent. Il y a beaucoup de gens pressés les uns contre les autres. Tout de suite je crains de la perdre et je colle, quoi qu'il arrive, mon museau à

ses talons. Des pieds inconnus me poussent,
me froissent, écrasent mes pattes. Je crie,
d'une voix qu'étouffent les jupes... Quand
nous sortons de là, nous avons l'air, Elle et
moi, de deux naufragés...

KIKI-LA-DOUCETTE : Les dieux me
sauvent d'un sort pareil! Cependant, pour
moi, les instants ont coulé paisibles. Lorsqu'Elle n'est pas dans cette maison, rien ne
trouble l'emploi du temps que m'imposa
une hygiène bien entendue. Après mon
déjeuner de foie rose et de lait, une joie
puérile et sans cause me restitue quotidien-
nement l'âme d'un chaton encore vêtu de
duvet fou. Expansif et le ventre lourd, je
m'en vais vers Lui qui froisse de grands
papiers noircis et m'accueille d'un silencieux sourire. Sur le même divan nous vau-
trons, Lui et moi, notre sieste oisive. Le
papier qu'il tient me semble toujours le
plus enviable, le plus craquant, et souvent
je crève d'une patte impérieuse le journal-
paravent qu'Il tend entre nous. Il s'ex-
clame, et la joie me tord, renversé sur le dos
en une espèce de danse horizontale qu'Il
nomme : faire la bayadère. Et puis, je ne
sais comment, tout languit à mes yeux, se
voile et s'éloigne... Je veux me relever,
gagner mon coussin, mais déjà mes rêves

me séparent du monde... C'est l'heure
bienheureuse où tu disparais avec Elle, où
la maison se repose et respire lentement. Je
gis au fond d'un noir et doux sommeil. Mes
oreilles veillent seules et s'orientent, an-
tennes sensibles, vers les bruits vagues de
portes et de sonnettes. (*Juste, on sonne. Toby-
Chien et Kiki-la-Doucette tressaillent et rectifient
leurs attitudes : le chat, assis, range autour de
ses pattes de devant un panache de queue qui
traînait; le chien, couché en sphinx, lève un
museau résolu.*) Qu'est-ce que c'est ?

TOBY-CHIEN : Un fournisseur ?...

KIKI-LA-DOUCETTE, *haussant les épaules :*
Ce n'est pas la sonnette de l'escalier de ser-
vice, voyons. Une visite ?

TOBY-CHIEN, *bondissant :* Veine! on va
prendre du thé et manger des gâteaux! A
su-sucre! A pti-gâteaux!

KIKI-LA-DOUCETTE, *sombre :* Et voir des
dames qui crient, et qui me passent sur le
dos des mains gantées, des mains en peau
morte... Pouah!

> *Des voix féminines — sa voix aussi, à
> Elle. — Un grelottement cristallin; la
> porte s'ouvre : entre, seule, une terrière
> anglaise minuscule, noir et feu, ravie d'elle-
> même, qui s'avance en faisant du pas espa-
> gnol.*

LA PETITE CHIENNE, *du haut de sa tête :* Je suis la toute petite Chienne si jolie!

Toby-Chien n'a rien dit, médusé d'admiration et d'étonnement. Kiki-la-Doucette, indigné, a bondi sur le piano et assiste, malveillant et invisible.

LA PETITE CHIENNE, *étonnée de n'entendre point l'explosion admirative qui l'accueille partout; répétant :* Je suis la toute petite Chienne si jolie! Je ne pèse que neuf cents grammes, mon collier est en or, mes oreilles sont en satin noir, doublées de caoutchouc luisant, mes ongles brillent comme des becs d'oiseaux, et... *(Apercevant Toby-Chien.)* Oh! quelqu'un. *(Silence.)* Il est bien.

Mines, courbettes, effleurements de museaux.

TOBY-CHIEN : Comme elle est petite!

LA PETITE CHIENNE : Monsieur..., ne m'approchez pas.

TOBY-CHIEN : Pourquoi?

LA PETITE CHIENNE : Je ne sais pas. Ma maîtresse sait pourquoi. Elle n'est pas là. Elle est restée dans l'autre chambre.

TOBY-CHIEN : Quel âge avez-vous?

LA PETITE CHIENNE : J'ai onze mois. *(Récitant.)* J'ai onze mois, ma mère a été prix de beauté à l'exposition canine, je ne pèse que neuf cents grammes, et...

TOBY-CHIEN : Vous l'avez déjà dit. Comment faites-vous pour être si petite ?

KIKI-LA-DOUCETTE, *invisible sur le piano :* Elle est laide. Elle sent mauvais. Elle a des pattes difformes et remue tout le temps. Et ce Chien qui fait des frais !

LA PETITE CHIENNE, *très bavarde et coquette :* C'est de naissance. Je tiens dans un manchon. Vous avez vu mon nouveau collier ? Il est en or.

TOBY-CHIEN : Et ça qui pend après ?

LA PETITE CHIENNE : C'est la médaille de ma mère, Monsieur, je ne la quitte jamais. J'arrive du Palais de Glace, j'y ai eu un succès fou. Figurez-vous que j'ai voulu mordre un monsieur qui parlait à ma maîtresse. Ce qu'on a ri !

Elle se tortille et pousse des cris d'oiseau.

TOBY-CHIEN, *à part :* Quelle drôle de créature ! Est-ce une Chienne vraiment ? *(Il la flaire.)* Oui. Elle sent la poudre de riz, mais c'est une Chienne tout de même. *(Haut.)* Asseyez-vous un instant, vous me faites mal au cœur en remuant comme ça...

LA PETITE CHIENNE : Je veux bien. *(Elle*

se couche en lévrier miniature, les pattes de devant croisées pour montrer la finesse de ses doigts.) Vous étiez tout seul ici ?

TOBY-CHIEN, *regard vers le piano :* Tout seul de Chien, oui. Pourquoi ?

LA PETITE CHIENNE : Ça sent drôle.

TOBY-CHIEN : Ça sent le Chat, sans doute.

LA PETITE CHIENNE : Un Chat ? qu'est-ce qu'un Chat ? je n'en ai jamais vu. On vous laisse tout seul dans une chambre ?

TOBY-CHIEN : Ça arrive.

LA PETITE CHIENNE : Et vous ne criez pas ? Moi, dès que je suis seule, je crie, je m'ennuie, j'ai peur, je me trouve mal et je mange les coussins.

TOBY-CHIEN : Et on vous fouette.

LA PETITE CHIENNE, *outrée :* On me... Qu'est-ce que vous dites ? Vous perdez la tête, j'imagine. *(Soudain aimable.)* Ce serait dommage. Vous avez de beaux yeux.

TOBY-CHIEN : N'est-ce pas ? on les voit beaucoup. Ils sont grands, et puis ils avancent. Elle dit que j'ai des yeux de lan-gouste. Elle dit encore : « Ses beaux yeux de phoque, ses yeux dorés de crapaud... »

LA PETITE CHIENNE : Qui, Elle ?

TOBY-CHIEN, *simple :* Elle.

LA PETITE CHIENNE : Je ne comprends pas tout ce que vous dites, mais vous êtes si sympathique! Qu'est-ce que vous faites ce soir?

TOBY-CHIEN : Mais... je dîne.

LA PETITE CHIENNE : Mon Dieu, je pense bien. Je voulais savoir si on reçoit chez vous, si vous sortez...

TOBY-CHIEN : Non, je suis déjà sorti.

LA PETITE CHIENNE : En voiture?

TOBY-CHIEN : A pied, naturellement.

LA PETITE CHIENNE : Comment, naturellement? Moi, je ne sors guère qu'en voiture. Montrez le dessous de vos pattes? Quelle horreur! on dirait la pierre à repasser les couteaux. Regardez les miennes. Satin dessus, velours dessous.

TOBY-CHIEN : Je voudrais vous voir à la campagne sur les cailloux.

LA PETITE CHIENNE : Mais j'y étais, Monsieur, à la campagne, l'été dernier, et il n'y avait pas de cailloux.

TOBY-CHIEN : Alors, ce n'était pas la campagne. Vous ne savez pas ce que c'est.

LA PETITE CHIENNE, *vexée* : Si, Monsieur! C'est du sable fin, du gazon en brosse fine qu'on balaye tous les matins, une chaise longue sur l'herbe, de grands coussins frais en cretonne, du lait qui mousse, le sommeil à l'ombre, et de petites pommes roses charmantes pour jouer avec.

TOBY-CHIEN, *hochant la tête :* Non. C'est la route en farine blanche qui cuit les paupières et brûle les pattes, l'herbe grésillante et dure qui sent bon où je me gratte le museau et les gencives, la nuit inquiétante, — car je suis seul à les garder, Elle et Lui. Couché dans ma corbeille, les battements de mon cœur surmené m'ôtent le sommeil. Un Chien, là-bas, me crie que le Mauvais Homme a passé sur le chemin. Vient-il de mon côté? Devrai-je, tout à l'heure, l'œil sanglant et la langue crayeuse, bondir contre lui et dévorer sa figure d'ombre?...

LA PETITE CHIENNE, *frémissante et extasiée :* Encore, encore! oh! que j'ai peur!...

TOBY-CHIEN, *modeste :* Rassurez-vous, ça n'est jamais arrivé. Tout ça, oui, c'est la campagne, et aussi la côte interminable à l'ombre de la voiture, quand la soif, la faim, la chaleur et la fatigue rendent l'âme résignée et sans espoir...

LA PETITE CHIENNE, *fanatisée :* Et alors?

TOBY-CHIEN : Alors, rien. On arrive tout de même à la maison, au seau plein d'eau sombre où l'on boit sans respirer (sa langue, dit-Elle, sa grande langue, fendue au milieu comme un pétale d'iris), pendant que des gouttelettes fines éclaboussent délicieusement les paupières douloureuses, les sourcils poudreux... Tout ça et bien d'autres choses, c'est la campagne...

KIKI-LA-DOUCETTE, *sur le piano, rêveur :* Tout cela, oui, et les habitudes laissées l'an passé, qu'on retrouve moulées à sa taille comme un coussin marqué de l'empreinte d'un long sommeil... Tout cela, et les nuits libres, le petit rire triste de la chouette, qui seule chemine dans l'air aussi discrètement que moi sur la terre... Les rats d'argent pendus à la treille qui mangent les raisins sans cesser de me regarder... La cure d'amaigrissement sur la pierre du mur ardente d'une chaleur noire, et d'où je me relève cuit, diminué, pâle, — mais svelte à faire envie aux matous de l'année... *(Revenant à lui avec un regard meurtrier pour la petite Chienne.)* Puisses-tu périr, bête puante, pour avoir évoqué ces joies révolues! Ne vas-tu pas disparaître, pour que je quitte ce froid piédestal où s'engourdissent mes pattes?

TOBY-CHIEN, *émoustillé, à la petite Chienne :* Laissons tout cela. Je ne saurais penser, quand vous êtes là, à autre chose qu'à vous. Je sens que je vous aime!

LA PETITE CHIENNE, *baissant les yeux* : D'amour?

TOBY-CHIEN : Naturellement.

LA PETITE CHIENNE : Si vite!

TOBY-CHIEN : Nous avons déjà perdu beaucoup de temps.

LA PETITE CHIENNE : Mais... nous avons causé. J'y ai pris grand plaisir. Je comprends de moins en moins pourquoi on m'interdit la société des jeunes gens...

TOBY-CHIEN : Laissez-moi vous faire la cour.

LA PETITE CHIENNE : Qu'est-ce que c'est?

TOBY-CHIEN : Voilà. Je commence. Dressé sur mes pattes raidies, je piétine, je vous cerne de petits cris mélodieux. Ma queue tortillée vibre, mes flancs, ravalés par une respiration inquiète, me font plus mince et, par un art involontaire, mes oreilles crispées semblent plantées derrière ma nuque...

LA PETITE CHIENNE : Ne m'approchez pas! Je suis troublée...

TOBY-CHIEN : Déjà, pour l'emprise défi-

nitive et complète, ma patte puissante plie
vos reins...

LA PETITE CHIENNE, *se dérobant :* Aïe!
brutal!

TOBY-CHIEN, *pressant :* C'est qu'aussi on
n'est pas petite comme vous! Vous ne
pourriez pas monter sur un petit tabouret?

KIKI-LA-DOUCETTE, *irrité :* Je ne pardonne pas à mes yeux de se souiller à un tel
spectacle! Ces préludes parodient triste-
ment nos sauvages amours... Cris d'égorgé,
danses lascives, parade silencieuse où ma
queue traîne en robe royale, étreintes où la
volupté gémit martyrisée, devrai-je rougir
de tout cela, à cause de ce couple...
cynique?

TOBY-CHIEN, *plus résolu que courtois :* Dites
donc, espèce de petite allumeuse, ça va
finir ce jeu de cache-cache?... Viens donc,
tu ne le regretteras pas...

LA PETITE CHIENNE, *terrorisée et tentée :*
Mon Dieu! c'est terrible! faites de moi ce
que vous voudrez...

KIKI-LA-DOUCETTE, *debout sur le piano, formidable :* Vous n'allez pas faire ça ici, je
pense?

LA PETITE CHIENNE, *cherche d'où vient la
voix effrayante, aperçoit la bête imprécatrice, le*

*monstre inconnu et rayé, hérissé de moustaches et
de sourcils, éclairé d'yeux qui lancent la mort...
Elle s'enfuit en criant :* Au secours, au
secours! Il y a un tigre sur le piano!...

*Elle s'évanouit dans les bras de sa maî-
tresse accourue, qui la console avec volubi-
lité dans le langage coutumier : « Fifi! Ma
zézette! ma gougounette blonde, la zigouil-
lette et la troutrouille, ma gaguille, ma
poule d'eau mauve, ma lolie et ma lé-
lette », etc., etc., etc. La séance continue.*

Music-hall

A la campagne, l'été. Elle somnole, sur une chaise longue de rotin. Ses deux amis, Toby-Chien le bull, Kiki-la-Doucette l'angora, jonchent le sable.

TOBY-CHIEN, *bâillant* : Aaah!... ah!...

KIKI-LA-DOUCETTE, *réveillé* : Quoi?

TOBY-CHIEN : Rien. Je ne sais pas ce que j'ai. Je bâille.

KIKI-LA-DOUCETTE : Mal à l'estomac?

TOBY-CHIEN : Non. Depuis une semaine que nous sommes ici, il me manque quelque chose. Je crois que je n'aime plus la campagne.

KIKI-LA-DOUCETTE : Tu n'as jamais aimé réellement la campagne. Asnières et Bois-Colombes bornent tes désirs ruraux. Tu es né banlieusard.

TOBY-CHIEN, *qui n'écoute pas* : L'oisiveté me pèse. Je voudrais travailler.

KIKI-LA-DOUCETTE, *continuant* : Banlieu-sard dis-je, et mégalomane. Travailler! O Phtah, tu l'entends, ce chien inutile. Tra-vailler!

TOBY-CHIEN, *noble* : Tu peux rire. Pen-dant six semaines, j'ai gagné ma vie, moi, aux Folies-Élyséennes, avec Elle.

KIKI-LA-DOUCETTE : Elle... c'est différent. Elle fait ce qui lui plaît. Elle est têtue, dis-persée, extravagante... Mais toi! Toi, le brouillon, l'indécis, toi, le happeur de vide, le...

TOBY-CHIEN, *théâtral* : Vous n'avez pas autre chose à me dire?

KIKI-LA-DOUCETTE, *qui ignore Rostand* : Si, certainement!

TOBY-CHIEN, *rogue* : Eh bien, rentre-le. Et laisse-moi tout à mon cuisant regret, à mes aspirations vers une vie active, vers ma vie du mois passé. Ah! les belles soirées! ah! mes succès! ah! l'odeur du sous-sol aux Folies-Élyséennes! Cette longue cave divi-sée en cabines exiguës, comme un rayon de ruche laborieuse, et peuplée de mille petites ouvrières qui se hâtent, en travesti bleu brodé d'or, un dard inoffensif au

flanc, coiffées de plumes écumeuses... Je
revois encore, éblouissant, ce tableau de
l' « Entente cordiale » où défilait une armée de généraux aux cuisses rondes...
Hélas, hélas... C'est à cette heure émou-
vante du défilé que nous arrivions, Elle et
moi. Elle s'enfermait, abeille pressée, dans
sa cellule, et commençait à se peindre le
visage afin de ressembler aux beaux petits
généraux qui, au-dessus de nos têtes, mar-
telaient la scène d'un talon indécis. J'attendais. J'attendais que, gainée d'un maillot couleur de hanneton doré, elle rouvrît
sa cellule sur le fiévreux corridor... Couché
sur mon coussin, je haletais un peu, en
écoutant le bruit de la ruche. J'entendais
les pieds pesants des guerriers mérovin-
giens, ces êtres terribles, casqués de fer
et d'ailes de hiboux qui surgissaient au
dernier tableau, sous le chêne sacré... Ils
étaient armés d'arbres déracinés, mous-
tachus d'étoupe blonde, et ils chantaient,
attends... cette jolie valse lente :

Dès que l'aurore au loin paraît,
Chacun s'empresse dans la forêt,
Aux joies exquises de la chasse
Dont jamais on ne se lasse.

Ils se rassemblaient pour y tuer

> *... au fond des bois*
> *Des ribambelles*
> *De gazelles*
> *Et de dix-cors aux abois...*

KIKI-LA-DOUCETTE, *à part* : Poésie, poésie !...

TOBY-CHIEN : Adieu, tout cela ! Adieu, ma scintillante amie, Madame Bariol-Taugé ! Vous m'apparûtes plus belle qu'une armée rangée en bataille, et mon cœur chauvin, mon cœur de bull bien français gonfle, au souvenir des strophes enflammées dont vous glorifiâtes l' « Entente cordiale » !... Crête rose, ceinture bleue, robe blanche, vous étiez telle qu'une belle poule gauloise, et pourtant vous demeuriez

> *La Parisienne, astre vermeil,*
> *Apportant son rayon de soleil !*
> *La Parisienne, la v'la*
> *Pour cha-a-sser le spleen.*
> *Aussitôt qu'elle est là*
> *Tous les cœurs s'illuminent !*

KIKI-LA-DOUCETTE, *intéressé :* De qui sont ces vers ?

TOBY-CHIEN : Je ne sais pas. Mais leur rythme impérieux rouvre en moi

des sources d'amertume. J'attendais l'heure
où les Élysée-Girls, maigres, affamées et
joueuses, redescendraient de leur Olympe
pour me serreur, l'une après l'autre, sur
leurs gorges plates et dures, me laissant
suffoqué, béat, le poil marbré de plaques
roses et blanches... J'attendais, le cœur
secoué, l'instant enfin où Elle monterait à
son tour, indifférente, farouchement mas-
quée d'une gaîté impénétrable, vers le pla-
teau, vers la fournaise de lumière qui
m'enivrait... Écoute, Chat, j'ai vu, dans
ma vie, bien des choses...

KIKI-LA-DOUCETTE, *à part*, *apitoyé :* C'est
qu'il le croit.

TOBY-CHIEN : Mais rien n'égale, dans
l'album de mes souvenirs, cette salle des
Folies-Élyséennes, où chacun espérait ma
venue, où l'on m'accueillait par une ru-
meur de bravos et de rires!... Modeste, —
et d'ailleurs myope — j'allais droit à cet
être étrange, tête sans corps, chuchoteur,
qui vit dans un trou, tout au bord de la
scène. Bien que j'en eusse fait mon ami, je
m'étonnais tous les soirs de sa monstruosité,
et je dardais sur lui mes yeux saillants de
homard... Mon second salut était pour
cette frétillante créature qu'on nommait
Carnac et qui semblait la maîtresse du lieu,

accueillant tous les arrivants du même sourire à dents blanches, du même « ah! » de
bienvenue. Elle me plaisait entre toutes.
Hors de la scène, sa jeune bouche fardée
jetait, dans un rire éclatant, des mots qui
me semblaient plus frais que des fleurs
mouillées : « Bougre d'empoté, sacré petit
mac... Vieux chameau d'habilleuse, elle
m'a foutu entre les jambes une tirette qui
me coupe le... » j'ai oublié le reste. Après
que j'avais, d'une langue courtoise, léché
les doigts menus de cette enfant délicate, je
courais de l'une à l'autre avant-scène,
pressé de choisir les bonbons qu'on me
tendait, minaudant pour celle-ci, aboyant
pour celui-là...

KIKI-LA DOUCETTE : Cabotin, va!

TOBY-CHIEN : ... Et puis-je oublier l'heure
que je passai dans l'avant-scène de droite,
au creux d'un giron de mousseline et de
paillettes, bercé contre une gorge abondante où pendaient des colliers?... Mais
Elle troubla trop tôt ma joie et vint, ayant
dit et chanté, me pêcher par la peau de la
nuque, me reprendre aux douces mains
gantées qui voulaient me retenir... Cette
heure merveilleuse finit dans le ridicule,
car Elle me brandit aux yeux d'un public
égayé, en criant : « Voilà, Mesdames et

Messieurs, le sale cabot qui " fait " les
avant-scènes! » Elle riait aussi, la bouche
ironique et les yeux lointains, avec cet air
agressif et gai qui sert de masque à sa vraie
figure, tu sais?

KIKI-LA-DOUCETTE, *bref :* Je sais.

TOBY-CHIEN, *poursuivant :* Nous descen-
dions, après, vers sa cellule lumineuse où
Elle essuyait son visage de couleur, la
gomme bleue de ses cils... Elle... *(la regardant endormie.)* Elle est là étendue. Elle
sommeille. Elle semble ne rien regretter.
Il y a sur son visage un air heureux de
détente et d'arrivée. Pourtant quand Elle
rêve de longues heures, la tête sur son bras
plié, je me demande si Elle n'évoque pas,
comme moi, ces soirs lumineux de printemps parisien, tout enguirlandés de perles
électriques? C'est peut-être cela qui brille
au plus profond de ses yeux?

KIKI-LA-DOUCETTE : Non. Je sais, moi.
Elle m'a parlé!

TOBY-CHIEN, *jaloux :* A moi aussi. Elle me
parle.

KIKI-LA-DOUCETTE : Pas de la même
manière. Elle te parle de la température,
de la tartine qu'Elle mange, de l'oiseau
qui vient de s'envoler. Elle te dit : « Viens

ici. Gare à ton derrière. Tu es beau. Tu es
laid. Tu es mon crapaud bringé, ma sympathique grenouille. Je te défends de manger ce crottin sec... »

TOBY-CHIEN : C'est déjà très gentil, tu ne
trouves pas ?

KIKI-LA-DOUCETTE : Très gentil. Mais nos
confidences, d'Elle à moi, de moi à Elle,
sont d'autre sorte. Depuis que nous sommes
ici, Elle s'est confiée, presque sans paroles,
à mon instinct divinateur. Elle se délecte
d'une tristesse et d'une solitude plus savou-
reuses que le bonheur. Elle ne se lasse pas
de regarder changer la couleur des heures.
Elle erre beaucoup, mais pas loin, et son
activité piétine sur ces dix hectares bornés
de murs en ruine. Tu la vois parfois debout
sur la cime de notre montagne, sculptée
dans sa robe par le vent amoureux, les
cheveux tour à tour droits et couchés
comme les épis du seigle et pareille à un
petit génie de l'Aventure... Ne t'en émeus
cas. Son regard ne défie pas l'espace ; il y
cherche, il y menace seulement l'intrus en
marche vers sa demeure, l'assaillant de sa
retraite... dirai-je sentimentale ?

TOBY-CHIEN : Dis-le.

KIKI-LA-DOUCETTE : Elle n'aime point
l'inconnu, et ne chérit sans trouble que ce

lieu ancien, retiré, ce seuil usé par ses pas
enfantins, ce parc triste dont son cœur
connaît tous les aspects. Tu la crois assise
là, près de nous? Elle est assise en même
temps sur la roche tiède, au revers de la
combe et aussi sur la branche odorante et
basse du pin argenté... Tu crois qu'elle
dort? Elle cueille en ce moment, au potager, la fraise blanche qui sent la fourmi
écrasée. Elle respire sous la tonnelle de
roses l'odeur orientale et comestible de
mille roses vineuses, mûres en un seul jour
de soleil. Ainsi immobile et les yeux clos,
elle habite chaque pelouse, chaque arbre,
chaque fleur, elle se penche à la fois, fan-
tôme bleu comme l'air, à toutes les fenêtres
de sa maison chevelue de vigne... Son
esprit court comme un sang subtil le long
des veines de toutes les feuilles, se caresse
au velours des géraniums, à la cerise vernie,
et s'enroule à la couleuvre poudrée de
poussière, au creux du sentier jaune... C'est
pourquoi tu la vois si sage et les yeux clos,
car ses mains pendantes, qui semblent
vides, possèdent et égrènent tous les instants d'or de ce beau jour lent et pur.

Toby-Chien parle

*Un petit intérieur tranquille. A la cantonade,
bruits de cataclysme. Kiki-la-Doucette se cram-
ponne vainement à un somme illusoire. Une
porte s'ouvre et claque sous une main invisible,
après avoir livré passage à Toby-Chien, petit bull
démoralisé.*

KIKI-LA-DOUCETTE, *s'étirant :* Ah! ah!
Qu'est-ce que tu as encore fait?

TOBY-CHIEN, *piteux :* Rien.

KIKI-LA-DOUCETTE : A d'autres! Avec
cette tête-là? Et ces rumeurs de catas-
trophe?

TOBY-CHIEN : Rien, te dis-je! Plût au
Ciel! Tu me croiras si tu veux, mais je
préférerais avoir cassé un vase, ou mangé
le petit tapis persan auquel Elle tient si
fort. Je ne comprends pas. Je tâtonne dans
les ténèbres. Je...

KIKI-LA-DOUCETTE, *royal* : Cœur faible! Regarde-moi. Comme du haut d'un astre, je considère ce bas monde. Imite ma sérénité divine...

TOBY-CHIEN, *interrompant, ironique* : ... et enferme-toi dans le cercle magique de ta queue, n'est-ce pas? Je n'ai pas de queue, moi, ou si peu! Et jamais je ne me sentis le derrière si serré.

KIKI-LA-DOUCETTE, *intéressé, mais qui feint l'indifférence* : Raconte.

TOBY-CHIEN : Voilà. Nous étions bien tranquilles, Elle et moi, dans le cabinet de travail. Elle lisait des lettres, des journaux, et ces rognures, collées, qu'Elle nomme pompeusement l' « Ar-gus de la Presse », quand tout à coup : « Zut! s'écria-t-Elle. Et même, crotte de bique! » Et sous son poing asséné, la table vibra, les papiers volèrent... Elle se leva, marcha de la fenêtre à la porte, se mordit un doigt, se gratta la tête, se frotta rudement le bout du nez.

J'avais soulevé du front le tapis de la table et mon regard cherchait le sien... « Ah! te voilà, ricana-t-Elle. Naturellement, te voilà. Tu as le sens des situations. C'est bien le moment de te coiffer à l'orientale avec une draperie turque sur le crâne et des franges-boule qui retombent,

des franges-boule, des franges-bull, par-
bleu! Ce Chien fait des calembours à présent! il ne me manquait que ça! » D'une
chiquenaude, Elle rejeta le bord du tapis
qui me coiffait, puis leva vers le plafond
des bras pathétiques : « J'en ai assez!
s'écria-t-Elle. Je veux... je veux... je veux
faire ce que je veux! »

Un silence effrayant suivit son cri, mais
je lui répondais du fond de mon âme :
« Qui t'en empêche, ô Toi qui règnes sur
ma vie, Toi qui peux presque tout, Toi
qui, d'un plissement volontaire de tes sourcils, rapproches dans le ciel les nuages? »

Elle sembla m'entendre et repartit un
peu plus calme : « Je veux faire ce que je
veux. Je veux jouer la pantomime, même
la comédie. Je veux danser nue si le maillot
me gêne et humilie ma plastique, je veux
me retirer dans une île, s'il me plaît, ou
fréquenter des dames qui vivent de leurs
charmes, pourvu qu'elles soient gaies, fan-
tasques, voire mélancoliques et sages,
comme sont beaucoup de femmes de joie.
Je veux écrire des livres tristes et chastes,
où il n'y aura que des paysages, des fleurs,
du chagrin, de la fierté, et la candeur des
animaux charmants qui s'effraient de
l'homme... Je veux sourire à tous les visages
aimables et m'écarter des gens laids, sales

et qui sentent mauvais. Je veux chérir qui
m'aime et lui donner tout ce qui est à moi
dans le monde : mon corps rebelle au
partage, mon cœur si doux et ma liberté!
Je veux... je veux!... Je crois bien que si
quelqu'un ce soir se risquait à me dire :
" Mais enfin, ma chère... " eh bien, je le
tue... Ou je lui ôte un œil. Ou je le mets
dans la cave... »

KIKI-LA-DOUCETTE, *pour lui-même :* Dans
la cave? Je considérerais cela comme une
récompense, car la cave est un enviable
séjour, d'une obscurité bleutée par le
soupirail, embaumé de paille moisie et de
l'odeur alliacée du rat.

TOBY-CHIEN, *sans entendre :* « ... J'en ai
assez, vous dis-je! » (Elle criait cela à des
personnes invisibles, et moi, pauvre moi, je
tremblais sous la table.) « Et je ne verrai
plus ces tortues-là! »

KIKI-LA-DOUCETTE : Ces... quoi?

TOBY-CHIEN : Ces tortues-là; je suis sûr
du mot. Quelles tortues? Elle nous cache
tant de choses! « ... Ces tortues-là! Elles
sont deux, trois, quatre, — joli nid de
fauvettes! — pendues à Lui, et qui Lui
roucoulent et Lui écrivent : " Mon chéri,
tu m'épouseras si Elle meurt, dis? " Je
crois bien! Il les épouse déjà, l'une après

l'autre. Il pourrait choisir. Il préfère collectionner. Il Lui faut — car elles en demandent! — la Femme-du-Monde couperosée qui s'occupe de musique et qui fait des fautes d'orthographe, la vierge mûre qui Lui écrit, d'une main paisible de comptable, les mille z'horreurs; l'Américaine brune aux cuisses plates; et toute la séquelle des sacrées petites toquées en cols plats et cheveux courts qui s'en viennent, cils baissés et reins frétillants : " O Monsieur, c'est moi qui suis la vraie Claudine... " La vraie Claudine! et la fausse mineure, tu parles!

« Toutes, elles souhaitent ma mort, m'inventent des amants; elles l'entourent de leur ronde effrénée. Lui faible, Lui volage et amoureux de l'amour qu'Il inspire, Lui qui goûte si fort ce jeu de se sentir empêtré dans cent petits doigts crochus de femmes... Il a délivré en chacune la petite bête mauvaise et sans scrupules, matée — si peu — par l'éducation; elles ont menti, forniqué, cocufié avec une joie et une fureur de harpies, autant par haine de moi que pour l'Amour de Lui...

« Alors... adieu tout! adieu... presque tout. Je Le leur laisse. Peut-être qu'un jour Il les verra comme je les vois, avec leurs visages de petites truies gloutonnes.

Il s'enfuira, effrayé, frémissant, dégoûté
d'un vice inutile... »

Je haletais autant qu'Elle, ému de sa vio-
lence. Elle entendit ma respiration et se
jeta à quatre pattes, sa tête sous le tapis
contre la mienne...

« Oui, inutile! je maintiens le mot. Ce
n'est pas un sale petit bull qui me fera
changer d'avis, encore! Inutile s'Il mécon-
naît l'amour véritable! Quoi?... ma vie
aussi est inutile? Non, Toby-Chien. Moi,
j'aime. J'aime tant tout ce que j'aime!
Si tu savais comme j'embellis tout ce
que j'aime, et quel plaisir je me donne en
aimant! Si tu pouvais comprendre de
quelle force et de quelle défaillance m'emplit ce que j'aime!... C'est cela que je
nomme le frôlement du bonheur. Le frôlement du bonheur... caresse impalpable
qui creuse le long de mon dos un sillon
velouté, comme le bout d'une aile creuse
l'onde... Frisson mystérieux prêt à se fondre
en larmes, angoisse légère que je cherche
et qui m'atteint devant un cher paysage
argenté de brouillard, devant un ciel où
fleurit l'aube, sous le bois où l'automne
souffle une haleine mûre et musquée...
Tristesse voluptueuse des fins de jour, bon-
dissement sans cause d'un cœur plus mo-
bile que celui du chevreuil, tu es le frôle-

ment même du bonheur, toi qui gis au sein des heures les plus pleines... et jusqu'au fond du regard de ma sûre amie...

« Tu oserais dire ma vie inutile?... Tu n'auras pas de pâtée, ce soir! »

Je voyais la brume de ses cheveux danser autour de sa tête qu'Elle hochait furieusement. Elle était comme moi, à quatre pattes, aplatie, comme un chien qui va s'élancer, et j'espérai un peu qu'Elle aboierait...

KIKI-LA-DOUCETTE, *révolté* : Aboyer, Elle! Elle a ses défauts, mais tout de même, aboyer!... Si Elle devait parler en quatre-pattes, Elle miaulerait.

TOBY-CHIEN, *poursuivant* : Elle n'aboya point, en effet. Elle se redressa d'un bond, rejeta en arrière les cheveux qui lui balayaient le visage...

KIKI-LA-DOUCETTE : Oui. Elle a la tête angora. La tête seulement.

TOBY-CHIEN : Et Elle se remit à parler, incohérente : « Alors, voilà! je veux faire ce que je veux. Je ne porterai pas de manches courtes en hiver, ni de cols hauts en été. Je ne mettrai pas mes chapeaux sens devant derrière, et je n'irai plus prendre le thé chez Rimmel's, non... Redelsperger, non... Chose, enfin. Et je n'irai plus aux vernissages. Parce qu'on y marche dans un tas de gens, l'après-midi, et que les matins y sont sinistres, sous ces voûtes où frissonne un peuple nu et transi de statues, parmi l'odeur de cave et de plâtre frais... C'est l'heure où quelques femmes y toussent, vêtues de robes minces, et de rares hommes errent, avec la mine verte d'avoir passé la nuit là, sans gîte et sans lit...

« Et le monotone public des premières ne verra plus mon sourire abattu, mes yeux qui se creusent de la longueur des entractes et de l'effort qu'il faut pour empêcher mon visage de vieillir, effort reflété par cent visages féminins, raidis de fatigue et d'orgueil défensif... Tu m'entends, s'écria-t-Elle, tu m'entends, crapaud bringé, excessif petit bull cardiaque! je n'irai plus aux premières, sinon de l'autre côté de la rampe. Car je danserai encore sur la scène, je danserai nue ou habillée, pour le seul plaisir de danser, d'accorder mes gestes au rythme de la musique, de virer, brûlée de lumière, aveuglée comme une mouche dans un rayon... Je danserai, j'inventerai de belles danses lentes où le voile parfois me couvrira, parfois m'environnera comme une spirale de fumée, parfois se tendra derrière ma course comme la

toile d'une barque... Je serai la statue, le
vase animé, la bête bondissante, l'arbre
balancé, l'esclave ivre...

« Toby-Chien, chien de bon sens, écoute
bien : je ne me suis jamais sentie plus
digne de moi-même! Du fond de la sévère
retraite que je me suis faite au fond de moi,
il m'arrive de rire tout haut, réveillée par
la voix cordiale d'un maître de ballet ita-
lien : " Hé, ma minionne, qu'est-ce que tu
penses? je te dis : sauts de basque, deux!
et un petit pour finir!... "

« La familiarité professionnelle de ce
luisant Méridional ne me blesse point, ni
l'amicale veulerie d'une pauvre petite mar-
cheuse à cinquante francs par mois, qui
se lamente, résignée : " Nous autres ar-
tistes, n'est-ce pas, on ne fait pas toujours
comme on veut... " Et si le régisseur tourne
vers moi, au cours d'une répétition, son
mufle de dogue bonasse, en graillonnant :
" C'est malheureux que vous ne pouvez
pas taire vos gueules, tous... " je ne songe
pas à me fâcher, pourvu qu'au retour,
lorsque je jette à la volée mon chapeau sur
le lit, une voix chère, un peu voilée, murmure : " Vous n'êtes pas trop fatiguée,
mon amour?... " »

Sa voix à Elle avait molli sur ces mots.
Elle répéta comme pour Elle-même, avec

un sourire contenu : « Vous n'êtes pas trop
fatiguée, mon amour ? » puis soudain éclata
en larmes nerveuses, des larmes vives,
rondes, pressées, en gouttes étincelantes qui
sautaient sur ses joues, joyeusement... Mais
moi, tu sais, quand Elle pleure, je sens la
vie me quitter...

KIKI-LA-DOUCETTE : Je sais, tu t'es mis à
hurler ?

TOBY-CHIEN, *évasif :* A hurler, non... Je
mêlai mes larmes aux siennes, voilà tout.
Mal m'en prit! Elle me saisit par la peau
du dos, comme une petite valise carrée, et
de froides injures tombèrent sur ma tête
innocente : « Mal élevé. Chien hystérique.
Saucisson larmoyeur. Crapaud à cœur de
veau. Phoque obtus... » Tu sais le reste. Tu
as entendu la porte, le tisonnier qu'elle a
jeté dans la corbeille à papier, et le seau à
charbon qui a roulé béant, et tout...

KIKI-LA-DOUCETTE : J'ai entendu. J'ai
même entendu, ô Chien, ce qui n'est pas
parvenu à ton entendement de bull sim-
plet. Ne cherche pas. Elle et moi, nous dé-
daignons le plus souvent de nous expliquer.
Il m'arrive, lorsqu'une main inexperte me
caresse à rebours, d'interrompre un paisible et sincère ronron par un khh! féroce,
suivi d'un coup de griffe foudroyant comme
une étincelle... « Que ce chat est traître! »

s'écrie l'imbécile... Il n'a vu que la griffe, il n'a pas deviné l'exaspération nerveuse, ni la souffrance aiguë qui lancine la peau de mon dos... Quand Elle agit follement, Elle, ne dis pas, en haussant tes épaules carrées : « Elle est folle. » Plutôt, cherche la main maladroite, la piqûre insupportable et cachée qui se manifeste en cris, en rires, en course aveugle vers tous les risques...

La chienne

Le sergent permissionnaire ne trouva pas, en arrivant à Paris, sa maîtresse chez elle. Mais il fut quand même accueilli par des cris chevrotants de surprise et de joie, étreint, mouillé de baisers : Vorace, sa chienne de berger, la chienne qu'il avait confiée à sa jeune amie, l'enveloppa comme une flamme, et le lécha d'une langue pâlie par l'émotion. Cependant, la femme de chambre menait autant de bruit que la chienne et s'écriait :

— Ce que c'est que la malchance ! Madame qui est juste à Marlotte pour deux jours, pour fermer la propriété de Madame. Les locataires de Madame viennent de s'en aller, Madame fait l'inventaire des meubles. Heureusement que ce n'est pas au bout du monde !... Monsieur me fait une dépêche pour Madame ? En la mettant tout de suite, Madame sera là demain matin avant le déjeuner. Monsieur devrait

coucher ici... Monsieur veut-il que j'allume
le chauffe-bain?

— Mais je me suis baigné chez moi,
Lucie... Ça se lave, un permissionnaire! Il
toisa dans la glace son image bleuâtre et
roussie, couleur des granits bretons. La
chienne briarde, debout auprès de lui dans
un silence dévot, tremblait de tout son
poil. Il rit de la voir si ressemblante à lui-
même, grise, bleue et bourrue :

— Vorace!

Elle leva sur son maître un regard
d'amour, et le sergent s'émut en songeant
soudain à sa maîtresse, une Jeanine très
jeune et très gaie, — un peu trop jeune,
souvent trop gaie...

Ils dînèrent tous deux, l'homme et
la chienne, celle-ci fidèle aux rites de
leur existence ancienne, happant le pain,
aboyant aux mots prescrits, figée dans un
culte si brûlant que l'heure du retour abo-
lissait pour elle les mois d'absence.

— Tu m'as bien manqué, lui avoua-t-il
tout bas. Oui, toi aussi!

Il fumait maintenant, à demi étendu
sur le divan. La chienne couchée comme
les lévriers des tombeaux, feignait de dormir et ne remuait pas les oreilles. Ses sourcils seuls, bougeant au moindre bruit,
trahissaient sa vigilance.

Le silence hébétait l'homme surmené, et sa main qui tenait la cigarette glissait le long du coussin, écorchant la soie. Il secoua son sommeil, ouvrit un livre, mania quelques bibelots nouveaux, une photographie qu'il ne connaissait pas encore : Jeanine en jupe courte, les bras nus, à la campagne.

— Instantané d'amateur... Elle est charmante...

Au verso de l'épreuve non collée, il lut :

« 5 juin 1916... J'étais... où donc, le 5 juin?... Par là-bas, du côté d'Arras... 5 juin... Je ne connais pas l'écriture. »

Il se rassit et fut repris d'un sommeil qui chassait toute pensée. Dix heures sonnèrent; il eut encore le temps de sourire au son grave et étoffé de la petite pendule qui avait, disait Jeanine, la voix plus grande que le ventre... Dix heures sonnèrent et la chienne se leva.

— Chut! fit le sergent assoupi. Couchez!

Mais Vorace ne se recoucha pas, s'ébroua, étira ses pattes, ce qui équivaut, pour un chien, à mettre son chapeau pour sortir. Elle s'approcha de son maître et ses yeux jaunes questionnèrent clairement.

— Eh bien?

— Eh bien, répondit-il, qu'est-ce que tu as?

Elle baissa les oreilles pendant qu'il parlait, par déférence, et les releva aussitôt.

— Oh! soupira le sergent, que tu es ennuyeuse! Tu as soif! Tu veux sortir?

Au mot « sortir », Vorace rit et se mit à haleter doucement, montrant ses belles dents et le pétale charnu de sa langue.

— Allons, viens, on va sortir. Mais pas longtemps. Je meurs de sommeil, moi, tu sais!

Dans la rue, Vorace enivrée aboya d'une voix de loup, sauta jusqu'à la nuque de son maître, chargea un chat, joua en rond « au chemin de fer de ceinture ». Son maître la grondait tendrement, et elle paradait pour lui. Enfin, elle reprit son sérieux et marcha posément. Le sergent goûtait la nuit tiède et allait au gré de la chienne, en chantonnant deux ou trois pensées paresseuses :

— Je verrai Jeanine demain matin... Je vais me coucher dans un bon lit... J'ai encore sept jours à passer ici...

Il s'aperçut que sa chienne, en avant, l'attendait, sous un bec de gaz, avec le même air d'impatience. Ses yeux, sa queue battante et tout son corps questionnaient :

— Eh bien! Tu viens?

Il la rejoignit, elle tourna la rue d'un petit trot résolu. Alors il comprit qu'elle allait quelque part.

« Peut-être, se dit-il, que la femme de chambre a l'habitude... Ou Jeanine... »

Il s'arrêta un moment, puis repartit, suivant la chienne, sans même s'apercevoir qu'il venait de cesser, à la fois, d'être fatigué, d'avoir sommeil et de se sentir heureux. Il pressa le pas, et la chienne joyeuse le précéda, en bon guide.

— Va, va..., commandait de temps en temps le sergent.

Il regardait le nom d'une rue, puis repartait. Point de passants, peu de lumière; des pavillons, des jardins. La chienne, excitée, vint mordiller sa main pendante, et il faillit la battre, retenant une brutalité qu'il ne s'expliquait pas.

Enfin elle s'arrêta : « Voilà, on est arrivés! » devant une grille ancienne et disloquée, qui protégeait le jardin d'une maisonnette basse chargée de vigne et de bignonier, une petite maison peureuse et voilée...

— Eh bien, ouvre donc! disait la chienne campée devant le portillon de bois.

Le sergent leva la main vers le loquet, et la laissa retomber. Il se pencha vers la chienne, lui montra du doigt un fil de lumière au long des volets clos, et lui demanda tout bas :

— Qui est là?... Jeanine?...

La chienne poussa un : « Hi ! » aigu et aboya.

— Chut ! souffla le sergent en fermant de ses mains la gueule humide et fraîche...

Il étendit encore un bras hésitant vers la porte et la chienne bondit. Mais il la retint par son collier et l'emmena sur l'autre trottoir, d'où il contempla la maison inconnue, le fil de lumière rosée. Il s'assit sur le trottoir, à côté de la chienne. Il n'avait pas encore rassemblé les images ni les pensées qui se lèvent autour d'une trahison possible, mais il se sentait singulièrement seul, et faible.

— Tu m'aimes ? murmura-t-il à l'oreille de la chienne.

Elle lui lécha la joue.

— Viens, on s'en va.

Ils repartirent, lui en avant cette fois. Et quand ils furent de nouveau dans le petit salon, elle vit qu'il remettait du linge et des pantoufles dans un sac qu'elle connaissait bien. Respectueuse et désespérée, elle suivait tous ses mouvements, et des larmes tremblaient, couleur d'or, sur ses yeux jaunes. Il la prit par le cou pour la rassurer :

— Tu pars aussi. Tu ne me quitteras plus. Tu ne pourras pas, la prochaine fois, me raconter « le reste ». Peut-être que je me

trompe... Peut-être t'ai-je mal comprise...
Mais tu ne dois pas rester ici. Ton âme
n'est pas faite pour d'autres secrets que les
miens...

Et tandis que la chienne frémissait,
encore incertaine, il lui tenait la tête entre
ses mains, en lui parlant tout bas :

— Ton âme... Ton âme de chienne... Ta
belle âme...

Celle qui en revient

Un salon paisible. Crépuscule d'hiver. Feu de bois dans la cheminée. La vieille chatte persane fait sa toilette, minutieuse en tout comme sont les personnes âgées. Elle y met le temps, elle n'a pas autre chose à faire. La chienne bull se rôtit le côté droit quand le gauche est cuit à point, puis le côté gauche quand le côté droit n'en peut plus...

A l'écart dans l'ombre, gît une chienne de berger, briarde osseuse, aux yeux couleur de feu, qui porte un collier neuf.

LA VIEILLE CHATTE, *à elle-même en se lavant. Elle radote mais avec une extrême distinction :* Ciel, un poil rebroussé... Dieux, un œuf de puce... Eh quoi, un brin d'herbe sèche... Fi, une crotte de puce... Ciel, un poil rebroussé... Dieux, etc., etc., etc.

Elle continue.

LA CHIENNE BULL, *haussant les épaules :* Si on vous disait que vous mourrez d'une méningite, Persane, vous ne le croiriez sans doute pas?

LA VIEILLE CHATTE : Mon Dieu, le vétérinaire a bien prétendu l'autre jour que vous aviez une maladie de cœur; après cela, ne peut-on tout croire? *(Se lavant.)* Cieux, une trace de lait de ce matin...

> *Elle continue.*

LA BERGÈRE, *en sursaut :* Est-ce qu'il est tard?

LA CHIENNE BULL : Je ne sais pas, pourquoi? Vous avez faim?

LA BERGÈRE : Non.

LA VIEILLE CHATTE : Qui a parlé du dîner? *(Elle bâille.)* Dès que l'on parle de manger, j'ai faim : c'est nerveux. *(Se lavant.)* Pouah, une écaille de sardine...

> *Elle continue. Silence.*

LA BERGÈRE, *brusque :* C'est la porte d'entrée qui se referme.

LA CHIENNE BULL : Mais non, voyons! C'est à l'étage au-dessus. Qu'est-ce que vous avez à trembler comme ça?

LA BERGÈRE : Est-ce que je tremble? je n'en savais rien.

LA CHIENNE BULL : Vous avez froid ?
Approchez-vous du feu.

LA BERGÈRE : Je n'ai pas froid.

LA CHIENNE BULL : Alors vous avez peur ?

LA BERGÈRE, *tressaillant* : Peur ? je ne sais
pas... Quelle heure peut-il être ?

LA CHIENNE BULL, *les yeux au ciel* : Ah ! là !
là !... J'en ai une patience !... Vous tenez
beaucoup à savoir l'heure ? Quand on se
met à table, c'est qu'il est l'heure de manger, il est l'heure de se coucher quand on
va au panier, et c'est l'heure de sortir
quand on décroche du clou les colliers...
Soit dit sans reproches, le vôtre est magni-
fique.

LA BERGÈRE : Vous trouvez ? Il y a trois
jours, j'avais pour collier un bout de corde
qu'Il avait trouvée là-bas.

LA CHIENNE BULL : Où là-bas ?

LA BERGÈRE, *laconique* : Là-bas, d'où je
reviens avec Lui... Où est-il ?

LA CHIENNE BULL : Qui ?

LA BERGÈRE, *simple* : Lui.

LA CHIENNE BULL : Ah ! oui... Pardonnez-
moi, mais je l'ai si peu vu depuis quelques
années, que j'oublie encore son retour. Et
pourtant je l'aime bien, vous savez ?

LA VIEILLE CHATTE, *qui est bleue* : Oui, moi aussi. Il est d'une jolie couleur. Une sorte de gris bleu, bleu gris... Une très jolie couleur. Quand s'en va-t-Il ?

LA BERGÈRE, *palpitante* : Il va partir ? Pourquoi dites-vous qu'Il va partir ?

LA VIEILLE CHATTE, *surprise* : Dame, c'est dans l'ordre des choses. Il vient ici, me prend dans ses bras, fait sauter la Bull par-dessus la cravache, embrasse Celle qui nous garde ici et qui lui appartient, à Lui, puis au bout de quelques jours, Il s'en va. C'est ainsi. Ce fut toujours ainsi depuis... *(elle cherche.)* très longtemps. Alors je pense qu'Il va partir.

LA BERGÈRE, *agitée* : Pas sans moi, pas sans moi !

> *Elle se lève et va flairer la porte.*

LA CHIENNE BULL, *à la vieille Chatte* : Ça la reprend.

LA VIEILLE CHATTE : Quelle agitation ! Que de bruit ! *(Se lavant.)* Tiens, une miette de pain... Cette Bergère va tourner ainsi sans repos, et sans repos aller de la fenêtre à la porte, de la porte à la fenêtre. C'est nerveux.

LA CHIENNE BULL : C'est peut-être nerveux, mais c'est gênant pour les autres. Ah !

la maison ne vaut pas ce qu'elle valait la semaine dernière. Lui se couche tôt. Elle se lève tard. Elle sort avec Lui et néglige de m'emmener. Elle ne m'appelle plus le matin sur son lit, et puis Il nous a amené cette Bergère qui gronde à tout venant, serre la queue entre les jambes comme un chien trouvé et se cogne dans les meubles...

LA VIEILLE CHATTE : Oui... Il y a du vrai. J'ai surtout constaté qu'Il boit beaucoup de lait le matin. Tout juste s'Il m'en laisse un fond de tasse... *(Elle bâille.)* Aâh!... je vous demande pardon, c'est parce que j'ai parlé du lait... C'est nerveux.

LA BERGÈRE, *en arrêt contre la fente de la porte :* Où est-il? Il ne revient pas.

LA CHIENNE BULL, *excédée :* Oh! Vous!... Il est allé dans des magasins avec Elle. Il est sorti avec Elle en taxi, en train de ceinture... Il est sorti, quoi! On vous croirait née d'hier.

LA BERGÈRE : Je ne comprends pas ce que vous dites. Votre tranquillité me confond. Il est sorti, dites-vous, et vous riez!

LA VIEILLE CHATTE : Ma chère, ce n'est point une tragédie, que je sache.

LA BERGÈRE : Qu'en savez-vous? Ignorez-vous donc ce qu'il y a de l'autre côté de la porte, hors de l'endroit où nous sommes, pour un moment à l'abri?

LA CHIENNE BULL : Nous n'y pensons pas. Pourquoi songer à l'escalier froid, à l'oiseuse concierge, aux enfants criards qui lancent des toupies sur le trottoir, aux voitures qui surgissent et, surtout, aux flaques d'eau?

LA BERGÈRE, *qui tend l'oreille à tous les bruits :* Les flaques d'eau, ce n'est rien...

LA VIEILLE CHATTE, *frémissant d'horreur :* Rien? Ah! je pâme...

LA BERGÈRE : Mais le reste...

LA CHIENNE BULL : Quel reste?

LA BERGÈRE : L'ennemi... L'embûche... La balle et l'éclat de fer, et ce bruit terrible qui remue l'air et les entrailles de la terre...

Elle se tait et tremble.

LA CHIENNE BULL : Pourquoi tremblez-vous toujours?

LA BERGÈRE : Je tremble? Je ne savais pas. *(Silence.)* Où est-Il? Comme Il tarde... L'heure est dangereuse. Ses amis qui étaient les miens, où sont-ils? Tous, à la fois, sont-ils tombés comme les autres? Ont-ils succombé si loin, que je ne flaire pas même, dans l'air, l'odeur de leurs plaies et de la sueur qui les mouille ? Ne peut-on m'ouvrir cette porte pour que j'aille à sa recherche, à Lui ?

> *Elle gratte le bas de la porte.*

LA CHIENNE BULL : Hé là, vous, on ne gratte pas les bas des portes. Tout le monde sait ça.

LA VIEILLE CHATTE, *bas, à la Chienne Bull :* Laissez-la, c'est nerveux.

LA BERGÈRE, *cessant de gratter :* Oui, Il m'a dit : « Attends, reste là. » Par obéissance, j'y mourrais, plutôt que d'enfreindre son ordre. Mais je sens mon cœur vieillir et s'user d'attente, et j'ai peur.

> *Elle se couche et tombe dans une sombre rêverie, puis dans un sommeil fiévreux.*

LA BERGÈRE, *en songe :* Qui frappe ?... N'entrez pas, je veille ! Cette boue est mon lit, cette planche celui de mon maître. Il se repose. On ne passe pas. Quoi ? C'est pour marcher encore ? Nous voici. J'ai mal dans les reins et le ventre transi ; en quelques bonds cela passera... Mais Lui, voyez comme Il est pâle, et las... Cela passera. Le jour est loin, n'est-ce pas ? Je n'ai pas besoin de vos petites lanternes pour éviter ce ravin d'où monte une fétidité à laquelle,

depuis tant de jours, je n'ai pu m'accoutu-
mer encore... Ne me dis pas « chut! » ô
mon Maître, je suis muette. Tu m'as appris
à vivre sans plus de bruit qu'une ombre.
Où allons-nous? Cela n'importe guère,
puisque tu me guides et que je te protège...

Ha!... Ce coup de fouet dans l'air, je
l'attendais, et les mouches de fer dans la
boue... Jamais nuit ne fut plus froide ni
plus zébrée de brefs éclairs, crachés par
des bouches invisibles... Quelque chose de
mauvais s'avance sur nous, mon Maître,
quelque chose que je perçois par mon ouïe,
ma langue qui goûte l'air, mon poil en
éveil; quelque chose que je devine et dont
je voudrais t'avertir. C'est une mauvaise
nuit, crois-moi. La vase, sous l'eau du chemin, suce mes pattes et me retarde. Je ne
veux pas te le dire, mais j'ai peur... Ah!
j'en étais sûre! Les voilà, mon Maître,
les voilà! Tu ne les sentais donc pas accou-
rir? C'est une bataille de plus pour nous,
ce n'est que cela : je respire et tu souris.

Eh bien, qu'attends-tu? Où ton arme, le
feu, le bruit que ton poing darde, où ta
magie familière? Tes mains sont vides et
retombent?... A mon tour de t'apprendre
la bataille, la mienne! A la gorge, mon
Maître! Là, sous l'oreille, vois, comme je
fais! Juste dans la fontaine du sang... Que

tu es beau, bondissant! J'en tiens un, tu
tiens l'autre. Celui que je lâche, il glisse
mollement, la tête inclinée sur la fraise
rouge qui bouillonne à son col. Ne laisse le
tien qu'assoupli dans tes mains et comme
enchanté par la mort. Besogne, mon
Maître, et ne te retourne pas pour apercevoir, sur la plaine noire, qu'ils sont mille,
et mille et mille autres renaissants. A l'aide,
nos amis! Ils sont trop! Je n'en puis saigner
qu'un à la fois, abandonnerez-vous mon
Maître aux prises avec tous ces démons?...

Seuls... seuls... seuls. Mon Maître, nous
sommes seuls, toi et moi, contre tous. Han!
la main de celui-ci ne te frappera pas; et
que du moins la face de cet autre, monstre
au poil blanchâtre, se masque — han! —
d'une pourpre qui la fera moins hideuse...
Quoi? Que cries-tu? Ils t'emportent? Ah!
pas sans moi, pas sans moi!... Qui me lie?
Maître, on m'étrangle! Maître, attends-
moi! Maître, que ma vie s'éteigne sur ta
poitrine! Délivre-moi! Tes mains que tu
dresses et qui dégouttent dans l'air, je les
laverai d'une salive qui guérit, si je t'at-
teins... Maître, ils me torturent, et ne
savent pas que je hurle seulement de te
voir diminuer et disparaître... Je puis laisser à leur piège tout ce qu'ils ont déchiré
de moi, pour te suivre, te suivre, te suivre...

Elle s'éveille avec un long hurlement, et continue éveillée la lamentation de son rêve. La Chienne Bull et la vieille Chatte tremblent, sans comprendre... La porte s'ouvre, un soldat bleu se penche sur la Bergère et lui parle.

LE SOLDAT, *tenant dans ses mains la tête de la Chienne* : Là, là, Bergère... Là, mon amie... Qu'as-tu rêvé, Bergère? Tu sais bien que c'est fini, Bergère...

LA BERGÈRE, *égarée, en pleurs* : Ah! te voici, ah! je te retrouve... Il y a un instant j'étais avec toi et je recommençais une de nos pires nuits... Combien de fois vais-je te perdre? Donne tes mains, que je m'assure... Non, elles ne dégouttent point... Tes pieds que je flaire n'ont pas marché près du ravin... Te voilà riant, et tout parfumé de vie! Et tu dis : « C'est fini... » O mon Maître, pas encore. Je t'ai trop souvent perdu. Nous avons trop longtemps habité un pays où l'âme n'a pas de repos, et où le corps désespéré veille malgré lui quand défaut l'âme. Aussi, pardonne-moi si pendant bien des jours je te donne à chacun de tes retours, au lieu des cris et des saluts d'allégresse qui te sont dus, ce qui m'emplit toute et déborde au moindre choc : la folle alarme, les bonds d'un cœur qui

m'étouffe et tonne dans ma poitrine, la
plainte contenue pendant tant d'heures
écrasantes... Pardonne-moi, l'amour que je
t'ai voué, ô mon Maître, n'a pas fini d'être
triste...

> *Elle lui lèche les mains, se prosterne et
> continue de gémir tout bas.*

Les bêtes et la tortue

Un jardin à Auteuil. Piste de gravier autour d'un gazon ovale. Marge de géraniums à gauche, phlox et sauges à droite; au fond, jungle — cinq mètres sur sept — de frênes panachés, de noisetiers rouges et de syringas.

Le matin, en août. Les bêtes somnolent au jardin, ou font leur toilette. Il y a la Bergère noir et feu, la Chienne Bull — dont — le — frère — a — été — acheté — par — un — Américain, la Chatte persane âgée, un peu snob, et la jeune Chatte noire qui est une sorte d'énergumène. La porte de la maison s'ouvre. Un quelconque Deux Pattes descend du perron et dépose sur le gravier, au soleil, une Tortue grosse comme un cantaloup, une touffe de scarole, puis s'en va.

VOIX DE DEUX PATTES, *dans la maison :*
Elle va s'acclimater très vite, n'est-ce pas?
Les Bêtes ne lui feront pas de mal?

D'ailleurs, nous les surveillerons d'ici...
etc., etc.

> *La Tortue, pattes et tête invisibles, res-*
> *semble autant qu'elle peut à un gros caillou*
> *veiné.*

LA CHIENNE BULL : Qu'est-ce qu'on a
mis par terre ?

LA BERGÈRE : Rien. Une boîte ronde, ou
une pierre.

LA PERSANE, *ensommeillée :* Qu'est-ce que
c'est ?

LA CHATTE NOIRE, *tout de suite dans le der-*
nier désordre et les yeux hors la tête : Qu'est-ce
qu'il y a ? Qu'est-ce qu'il y a ? Au nom du
Ciel, qu'y a-t-il ? Que me cache-t-on ?

LA CHIENNE BULL, *à la Chatte Noire :* Vous,
la folle, faites-nous le plaisir de rester
tranquille, ou bien retournez chez les voisins. Vous savez bien y aller, chez les
voisins, à l'heure du déjeuner, pour imiter
la chatte affamée. Allez-y donc tout de
suite.

LA BERGÈRE, *bas, impérieusement :* Chut.
Écoutez !

> *Les Bêtes se tournent vers la Bergère*
> *qui, couchée raide en lévrier, braque ses*
> *oreilles et ses yeux sur la Tortue.*

LES BÊTES, *ensemble :* Eh bien?

LA BERGÈRE, *d'un ton bref et passionné :* Ça bouge!

LA CHATTE NOIRE, *éperdue :* Quoi? Quoi? Grands dieux, qu'est-ce qui bouge?

LA BERGÈRE, *sans remuer un cil :* Ça.

LA CHIENNE BULL, *haussant les épaules :* Pensez-vous! Avec votre manie de vigilance, vous voyez des suspects partout. Les pierres bougent, le garçon boucher mérite la mort, la laitière ne vaut pas la corde pour la pendre... N'est-ce pas, Persane?

LA PERSANE, *élégante et détachée :* ... M'en moque!

LA CHIENNE BULL, *continuant :* C'est comme pour les militaires. Moi, je dis bonjour à tous les militaires habillés de bleu, tandis que... (*Elle se tait, les yeux ronds : un bout de patte écailleuse vient de sortir de dessous le caillou veiné...*) Ça, par exemple... Persane, vous avez vu? Qu'est-ce que vous en dites?

LA PERSANE, *fronçant le nez :* Je ne comprends rien à cela. Mais ça doit sentir mauvais, comme tout ce que je ne connais pas.

LA CHIENNE BULL : Bergère, qu'est-ce que ça signifie?

LA BERGÈRE, *bas, en arrêt :* J'attends.

LA CHIENNE BULL : Qu'est-ce que vous attendez ?

LA BERGÈRE, *nerveuse :* Fichez-moi donc la paix !

LA CHATTE NOIRE, *qui n'a encore rien vu :* Qu'est-ce que vous dites ? Il y a un mystère ? Quelque chose d'effrayant, n'est-ce pas ? Mais parlez donc !

LA CHIENNE BULL, *soucieuse de son prestige, avec une fausse assurance :* Eh ! laissez-nous tranquilles, vous voyez bien que nous sommes occupées ! Certes, j'ai vu bien des choses dans ma vie, surtout dans le temps que j'avais une automobile, chez mes anciens Deux-Pattes, mais je ne me souviens pas d'avoir rencontré une... une curiosité comme...

> *L'apparition de trois autres pattes lui coupe la parole. La Tortue, sans montrer sa tête, risque deux pas sur le gravier chaud.*

LA CHATTE NOIRE, *bondissant en arrière :* Haah ! que vois-je ? Horreur ! Magie ! Ma tête se perd ! Mes yeux se voilent ! Tout est piège autour de moi, tout est menace et funeste présage !...

LA BERGÈRE, *frémissante, sans quitter l'arrêt, bas :* Que j'aie seulement deux minutes à moi, je la ferai crier pour quelque chose, cette Chatte noire...

LA PERSANE : J'aime mieux m'en aller. Ce bruit me fatigue, et je vous assure que cette chose sent mauvais.

Elle s'écarte en secouant ses pattes l'une après l'autre comme si elle avait marché dans l'eau sale.

LA CHIENNE BULL, *dilatant son nez sans flair :* Cette vieille dame radote, ça ne sent rien du tout. (*Elle colle son nez sur la Tortue, les quatre pattes disparaissent soudain. La Chienne Bull, saisie, sautant en l'air.*) Hi!...

LA BERGÈRE, *à bout de nerfs et d'attente :* Ah! ne m'agacez pas, vous! C'est votre faute, si ce caillou n'a plus de pattes maintenant!

LA CHIENNE BULL : Ma faute! Vous allez m'apprendre ce que j'ai à faire, sans doute? Chez mes Deux-Pattes à l'automobile, il y avait un écureuil du Brésil, ma bonne dame, et un perroquet avec des plumes en céleri sur la tête, et tout ça filait doux avec moi, je vous prie de le...

La Tortue, égayée par le soleil, darde une tête plate aux petits yeux voltairiens, et bâille d'appétit, montrant sa langue

*rose. Le cou plissé s'allonge, et la Tortue
marche gaillardement vers la scarole.*

LA CHATTE NOIRE, *en pleine épilepsie :*
Beuh! Maman! Un serpent! Un serpent!
Houin! Mouan! Au secours!

*Elle disparaît comme emportée par les
démons.*

LA CHIENNE BULL, *claquant des dents, à la
Bergère :* Vous... Vouvous, croy-croyez que
c'est un seseserpent?

LA BERGÈRE, *qui a les poils du dos comme
une arête de sole, bas :* Attendez seulement...
Laissez-moi faire. Un coup de dents au
bon moment, et il n'est plus question de
cette vermine... Ça me connaît!

LA CHIENNE BULL, *flageolante :* C'est ça...
Je vous laisse ensemble... Je reviens dans
un ninninstant...

Elle s'enfuit.

*Trois heures plus tard. Près de la Tor-
tue qui a fait le tour du jardin et broute à
présent les pois de senteur, la Bergère se
tient toujours à l'arrêt.*

LA CHIENNE BULL, *sur le perron, sans approcher :* Eh bien? Vous l'avez tuée?

LA BERGÈRE, *exténuée, mais héroïque, le nez*

à deux doigts de l'écaille ambulante : Pas encore..

LA CHIENNE BULL, *ironique :* Qu'est-ce que vous faites, alors ?

LA BERGÈRE : J'attends.

LA CHIENNE BULL : Vous attendez quoi ?

LA BERGÈRE : Qu'elle sorte de sa niche !...

*Cet ouvrage a été composé
et achevé d'imprimer par l'Imprimerie Floch
à Mayenne le 1er avril 1983.
Dépôt légal : avril 1983.
1er dépôt légal dans la collection : décembre 1975.
Numéro d'imprimeur : 20764.*

ISBN 2-07-036701-0.//Imprimé en France.
Précédemment publié par le Mercure de France.
ISBN 2-7152-0008-0.

31864